第一辑

中华传统文化经典注音全本

楚 辞

(第2版)

邓启铜　诸　泉　注释
殷光熹　审读

屈原像

东南大学出版社
SOUTHEAST UNIVERSITY PRESS

图书在版编目（CIP）数据

楚辞 / 邓启铜，诸泉注释. —2版. —南京：东南大学出版社，2013.8（2022.10重印）
（"尚雅"国学经典书系：中华传统文化经典注音全本. 第1辑 / 邓启铜主编）
ISBN 978-7-5641-4267-4

Ⅰ.①楚… Ⅱ.①邓… ②诸… Ⅲ.①古典诗歌-中国-战国时代 ②《楚辞》-通俗读物 Ⅳ.①I222.3

中国版本图书馆CIP数据核字(2013)第106975号

责任编辑：彭克勇　　责任校对：钟　良
封面设计：方楚娟　　责任印制：周荣虎

楚　辞

出版发行	东南大学出版社
社　　址	南京市四牌楼2号　邮编：210096　电话：025-83793330
网　　址	http://www.seupress.com
电子邮件	press@seupress.com
印　　刷	东莞市信誉印刷有限公司
开　　本	787mm×1092mm　1/16
印　　张	21.5
字　　数	400千字
版　　次	2013年8月第2版
印　　次	2022年10月第4次印刷
书　　号	ISBN 978-7-5641-4267-4
定　　价	35.00元

本社图书若有印装质量问题，请直接与营销部调换。电话（传真）：025-83791830

与经典同行　与圣人为伍

序

"世界潮流,浩浩汤汤!"面对滚滚的世界潮流,不少有识之士发现日益国际化的中国正面临着丧失本土文化之危机。十几年来,南怀瑾大师发起的"全球儿童读经"已经从开始时的"该不该读经典"大讨论演变到"怎么读经典",然后又演变为现在的"成人读经典",大有"全民读经典"的趋势。放眼各地兴起的"书院热""国学热",无不说明以国学为主体的中华传统文化已然越来越受到重视。究其根本原因,是我们在国际交流的过程中不能没有自己的文化,要想在世界浪潮中居于主导地位,我们必须高度重视我们的传统文化经典。

传统文化是指传统社会形成的文化,它既是历史发展的内在动力,也是文化进步的智慧源泉。中华传统文化伦理思想贯穿始终;中华传统文化具有独特的审美意识和人文精神,在文学艺术上创造了辉煌的成就;中华传统文化注重对真理的思辨和追求。因此,中华传统文化是优秀的文化。

1988年,几十位诺贝尔奖得主齐聚巴黎发表宣言:"人类要在21世纪生存下去,必须回首2 500多年前,去汲取孔子的智慧。"联合国大厅里赫然书写着"己所不欲,勿施于人"。经典是唤醒人性的著作,可以开启人们的智慧!经典能深入到一个人心灵的最深处,能培养一个人优雅的举止和敦厚的品格!

早在2003年,我深受台中师范学院王财贵老师的影响,着力辅导女儿邓雅文等三位小朋友背经。不到三年的时间,他们就已熟背了《三字经》《百家姓》《千字文》《论语》《老子》《大学》《中庸》《唐诗三百首》《诗经》等经典。由于当时找不到一套好的教材,我便决心自编一套适合他们的教材。

面对中华五千年文明积累下来的经典,我们从经、史、子、集中精选了四十五种典籍作为"新月经典"之"中国传统文化经典儿童读本",分四辑陆续出版,并为其中二十种经典录制了配音CD。新书甫一推出,就被中央电视台新闻联播节目报道,并有多家媒体报道或发表了专访等。其中《论语》《三字经·百家姓·千字文》《老子·大学·中庸》等更是先后登上畅销图书排行榜,特别是《论语》,还登上了《南方都市报》2004年、2005年畅销书总排行榜。图书远销美国、加拿大、新加坡、印尼、菲律宾、中国台湾、中国香港等。无数读者来电、来信给予肯定,这些都是对我们的鼓励和鞭策。回顾这十多年的经典注释工作,真可谓:辛苦不寻常!我们在编辑、注释、注音时坚持以《四库全书》为主,遍搜各种版本,尽量多地参照最新研究成果,力争做到每个字从注释到注音都有出处,所选的必是全本,每次重印时都会将发现的错误更正,这样我们奉献给读者的图书才符合"精""准""全"的标准。也正因为如此,我们的这套经典才能在图书市场受到读者的欢迎。

和许多从事古汉语和文字研究工作的学者一样,我们在钻研这些经典时始终有一个困惑,即这些经典是由文言、古文字传承至今的,因此汉字的流变对理解原著的影响非常之大,加之汉字简化与繁体字并非一一对应,往往简化后就会产生歧义。因此,我们在按汉字简化原则由繁化简的同时,在整套书中,对于以下情况,我们保留了原文字:①後—后,这两个字在古文中是被严格区分的,"后来"和"後来"具有完全的不同含义,在《百家姓》中,这两个字也是不同的姓氏。②發—髮—发,在表示"须""毛"之义时用"髮",在表示"开""起"之义时用"發"。③餘—馀—余,"餘"是"馀"的繁体字,"餘"不是"余"的繁体字,而是"餘"的简体字。④適—适—敵,古代的"适"读kuò。而"適"通"嫡"和"敵",若简化为"适"和"敌",很难看出它们之间的通假关系。⑤另有少数不能简化部首偏旁的字和不便造字的字,我们保留了原文字,这样处理有利于精准保留原本面貌,也不致产生歧义,并兼顾了文字的发展和历史。

这次东南大学出版社推出的这套"东大国学书系"是我们在云南大学出版社"中国传统文化经典儿童读本"的基础上修订而成的,经过这七年的检验,我们发现不但儿童喜欢这种注音方式,而且一些老年人也特别喜欢这种"大字不老花"的版本,甚至有的大学教授也用我们这套书给大学生上课。因为有注音,他们不需查找便可方便地读准每个字,也不会闹笑话。因此我们认为经典注音是全民阅读的一种好方式,特别是青少年阅读习惯的培养更是一个国家、一个民族的希望之所在。为此,我们精选五十二种经典供读者选读,分为:

"中华传统蒙学精华注音全本":《三字经·百家姓·千字文》《千家诗》《声律启蒙·笠翁对韵》《孝经·弟子规·增广贤文》《幼学琼林》《五字鉴》《龙文鞭影》《菜根谭》《孙子兵法·三十六计》

"中华传统文化经典注音全本"第一辑:《庄子》《宋词三百首》《元曲三百首》《孟子》《易经》《楚辞》《尚书》《山海经》《尔雅》

"中华传统文化经典注音全本"第二辑:《唐诗三百首》《诗经》《论语》《老子·大学·中庸》《古诗源》《周礼》《仪礼》《礼记》《国语》

"中华传统文化经典注音全本"第三辑:《古文观止》《荀子》《墨子》《管子》《黄帝内经》《吕氏春秋》《春秋公羊传》《春秋榖梁传》《武经七书》

"中华传统文化经典注音全本"第四辑:《春秋左传》《战国策》《文选》《史记》《汉书》《后汉书》《三国志》《资治通鉴》《聊斋志异全图》

"中华古典文学名著注音全本":《绣像东周列国志》《绣像三国演义》《绣像水浒传》《绣像红楼梦》《绣像西游记》《绣像儒林外史》《绣像西厢记》

上述书目基本上涵盖了传统文化经典的精华。

博雅君子,有以教之!

"尚雅"国学经典书系主编
邓启铜
2010年3月

与经典同行　与圣人为伍

lí sāo		qū yuán
离骚	………………………………	屈原……1

jiǔ gē		qū yuán
九歌	………………………………	屈原……29

dōng huáng tài yī		qū yuán	dōng jūn		qū yuán
东皇太一	………	屈原……30	东君	…………	屈原……41
yún zhōng jūn		qū yuán	hé bó		qū yuán
云中君	…………	屈原……31	河伯	…………	屈原……43
xiāng jūn		qū yuán	shān guǐ		qū yuán
湘君	……………	屈原……32	山鬼	…………	屈原……44
xiāng fū rén		qū yuán	guó shāng		qū yuán
湘夫人	…………	屈原……34	国殇	…………	屈原……46
dà sī mìng		qū yuán	lǐ hún		qū yuán
大司命	…………	屈原……37	礼魂	…………	屈原……47
shǎo sī mìng		qū yuán			
少司命	…………	屈原……39			

tiān wèn		qū yuán
天问	………………………………	屈原……49

jiǔ zhāng		qū yuán
九章	………………………………	屈原……77

xī sòng		qū yuán	sī měi rén		qū yuán
惜诵	……………	屈原……78	思美人	…………	屈原……102
shè jiāng		qū yuán	xī wǎng rì		qū yuán
涉江	……………	屈原……84	惜往日	…………	屈原……106
āi yǐng		qū yuán	jú sòng		qū yuán
哀郢	……………	屈原……88	橘颂	…………	屈原……111
chōu sī		qū yuán	bēi huí fēng		qū yuán
抽思	……………	屈原……92	悲回风	…………	屈原……114
huái shā		qū yuán			
怀沙	……………	屈原……97			

楚辞

远游 (yuǎn yóu)	屈原 (qū yuán)	121
卜居 (bǔ jū)	屈原 (qū yuán)	133
渔父 (yú fǔ)	屈原 (qū yuán)	139
九辩 (jiǔ biàn)	宋玉 (sòng yù)	143
招魂 (zhāo hún)	宋玉 (sòng yù)	161
大招 (dà zhāo)	屈原 (qū yuán)	179
惜誓 (xī shì)	贾谊 (jiǎ yí)	193
招隐士 (zhāo yǐn shì)	淮南小山 (huái nán xiǎo shān)	199
七谏 (qī jiàn)	东方朔 (dōng fāng shuò)	203
初放 (chū fàng)	东方朔	204
沉江 (chén jiāng)	东方朔	207
怨世 (yuàn shì)	东方朔	212
怨思 (yuàn sī)	东方朔	217
自悲 (zì bēi)	东方朔	218
哀命 (āi mìng)	东方朔	222
谬谏 (miù jiàn)	东方朔	225
哀时命 (āi shí mìng)	严忌 (yán jì)	231
九怀 (jiǔ huái)	王褒 (wáng bāo)	243
匡机 (kuāng jī)	王褒	244
通路 (tōng lù)	王褒	246
危俊 (wēi jùn)	王褒	249
昭世 (zhāo shì)	王褒	251
尊嘉 (zūn jiā)	王褒	253
蓄英 (xù yīng)	王褒	255
思忠 (sī zhōng)	王褒	257
陶壅 (táo yōng)	王褒	259
株昭 (zhū zhāo)	王褒	261

与经典同行　与圣人为伍

九叹(jiǔ tàn) .... 刘向(liú xiàng) 265

逢纷(féng fēn) .... 刘向(liú xiàng) 266
离世(lí shì) .... 刘向(liú xiàng) 270
怨思(yuàn sī) .... 刘向(liú xiàng) 274
远逝(yuǎn shì) .... 刘向(liú xiàng) 278
惜贤(xī xián) .... 刘向(liú xiàng) 283
忧苦(yōu kǔ) .... 刘向(liú xiàng) 287
愍命(mǐn mìng) .... 刘向(liú xiàng) 291
思古(sī gǔ) .... 刘向(liú xiàng) 295
远游(yuǎn yóu) .... 刘向(liú xiàng) 299

九思(jiǔ sī) .... 王逸(wáng yì) 303

逢尤(féng yóu) .... 王逸(wáng yì) 304
怨上(yuàn shàng) .... 王逸(wáng yì) 306
疾世(jí shì) .... 王逸(wáng yì) 309
悯上(mǐn shàng) .... 王逸(wáng yì) 312
遭厄(zāo è) .... 王逸(wáng yì) 315
悼乱(dào luàn) .... 王逸(wáng yì) 317
伤时(shāng shí) .... 王逸(wáng yì) 320
哀岁(āi suì) .... 王逸(wáng yì) 323
守志(shǒu zhì) .... 王逸(wáng yì) 326

龙舟竞渡图　清·无款

饮酒读书图　明·陈洪绶

图中一位士人坐于兽皮褥上正边饮酒边读《离骚》，一副激愤而又无可奈何之状。长几上古彝器中高插梅、竹，铁如意放置于左侧，大有击碎唾壶一展悲吟之意。

序

世之知屈子者以《离骚》，然世固未有知《骚》者即为能知屈子。夫屈子，王佐才也。当战国时，天下争扶刑名、兵战、纵横吊诡之说以相夸尚，而屈子所以先後其君者，必曰五帝三王。其治楚，奉先功，明法度，意量固有过人者。《大招》發明成言之始愿，其施为次第，虽孔子、孟子所以告君者当不是过。使原得志于楚，唐、虞、三代之治岂难致哉！其中废而死，命也。虽然，原用而楚兴，既废而削死，而楚亡。则虽弗竟其用，亦非无征不信者比也。而世徒艳其文，高其节，悲其缱绻不已之忠，抑末矣！世又以原自沉为轻生以怼君。余考原自怀王初放已作《离骚》，以彭咸自命，然终怀之世不死。顷襄即位，东迁九年不死，《渔父》《怀沙》发发乎死矣，而《悲回风》卒章所云，抑不忍遽死。何者？以死悟君，君可以未死而悟，则原固不至于必死。至《惜往日》始毕词赴渊。其辞曰："身幽隐而备之。"又曰："恐祸殃之有再。"盖其时谗焰益张，秦患益迫，使原不自沉，固当即死。死等耳，死于谗与死于秦，皆不足悟君。君虽悟，亦且无及，故处必死之地而求为有用之死，其势不得不出于自沉而，因而著之曰："介子忠而立枯兮，文君悟而追求。"明揭其死之情以發其君之悟。呜呼！若屈子者，但见其爱身忧国，迟回不欲死之心，未见其轻生以怼君也。吾故曰：世未有知屈子者，虽然，其原实始于不知《骚》。盖《离骚》二十五篇所以發明己意垂示後人者，至深切矣。而或眩于章法之变幻，则无以知本旨之所存。昧于字义之深隐，则无以知意理之所在。不能研索融会于文之中、旁搜博揽于文之外，则亦无以知其时地变易，与命意措词次第条理之所以然。是以《大招》《招魂》皆以为非原作。而诸篇之先後亦茫无所考。至其章句之间，或以卤莽而失之略，或以穿凿而害其辞，吁可惜哉！予于戊子夏，始發愤论述其书。顾以束于制举，困于疾病忧患。贫贱奔走，时作时辍，六阅年始成。凡训诂考证多前人所未及，而大要尤在权时势以论其书。融全书以定其篇，审全篇以推其节次句字之义，故虽文之漫衍俶诡，而未始不秩然可寻。虽世之幽略无所考，而怀、襄两朝迁谪往来未始不犁然若示诸掌上。其说或不免为人之所骇，而一求乎心之所安。世之学者因注以知其文，因文以得其人。则岂惟舒忧娱哀于百世之上？将百世之下闻风者亦有所兴起也。

康熙癸巳七月之望，武进蒋骥涑睦序。

踏雪行吟图 明·周臣

屈原列传

屈原者，名平，楚之同姓也。为楚怀王左徒。博闻强志，明于治乱，娴于辞令。入则与王图议国事，以出号令；出则接遇宾客，应对诸侯。王甚任之。

上官大夫与之同列，争宠而心害其能。怀王使屈原造为宪令，屈平属草稿未定。上官大夫见而欲夺之，屈平不与，因谗之曰："王使屈平为令，众莫不知，每一令出，平伐其功，以为'非我莫能为'也。"王怒而疏屈平。

屈平疾王听之不聪也，谗谄之蔽明也，邪曲之害公也，方正之不容也，故忧愁幽思而作《离骚》。离骚者，犹离忧也。夫天者，人之始也；父母者，人之本也。人穷则反本，故劳苦倦极，未尝不呼天也；疾痛惨怛，未尝不呼父母也。屈平正道直行，竭忠尽智以事其君，谗人间之，可谓穷矣。信而见疑，忠而被谤，能无怨乎？屈平之作《离骚》，盖自怨生也。《国风》好色而不淫，《小雅》怨诽而不乱。若离骚者，可谓兼之矣。上称帝喾，下道齐桓，中述汤武，以刺世事。明道德之广崇，治乱之条贯，靡不毕见。其文约，其辞微，其志洁，其行廉，其称文小而其指极大，举类迩而见义远。其志洁，故其称物芳。其行廉，故死而不容自疏。濯淖污泥之中，蝉蜕于浊秽，以浮游尘埃之外，不获世之滋垢，皭然泥而不滓者也。推此志也，虽与日月争光可也。

屈平既绌，其后秦欲伐齐，齐与楚从亲，惠王患之，乃令张仪佯去秦，厚币委质事楚，曰："秦甚憎齐，齐与楚从亲，楚诚能绝齐，秦愿献商、於之地六百里。"楚怀王贪而信张仪，遂绝齐，使使如秦受地。张仪诈之曰："仪与王约六里，不闻六百里。"楚使怒去，归告怀王。怀王怒，大兴师伐秦。秦发兵击之，大破楚师于丹、淅，斩首八万，虏楚将屈匄，遂取楚之汉中地。怀王乃悉发国中兵以深入击秦，战于蓝田。魏闻之，袭楚至邓。楚兵惧，自秦归。而齐竟怒不救楚，楚大困。

明年，秦割汉中地与楚以和。楚王曰："不愿得地，愿得张仪而甘心焉。"张仪闻，乃曰："以一仪而当汉中地，臣请往如楚。"如楚，又因厚币用事者臣靳尚，而设诡辩于怀王之宠姬郑袖。怀王竟听郑袖，复释去张仪。是时屈平既疏，不复在位，使于齐，顾反，谏怀王曰："何不杀张仪？"怀王悔，追张仪，不及。

其后诸侯共击楚，大破之，杀其将唐眛。

时秦昭王与楚婚，欲与怀王会。怀王欲行，屈平曰："秦虎狼之国，不可信，不如毋行。"怀王稚子子兰劝王行："奈何绝秦欢！"怀王卒行。入武关，秦伏兵绝其后，因留怀王，以求割地。怀王怒，不听。亡走赵，赵不内。复之秦，竟死于秦而归葬。

长子顷襄王立，以其弟子兰为令尹。楚人既咎子兰以劝怀王入秦而不反也。

屈平既嫉之，虽放流，睠顾楚国，系心怀王，不忘欲反，冀幸君之一悟，俗之一改也。其存君兴国而欲反覆之，一篇之中三致志焉。然终无可奈何，故不可以反，卒以此见怀王之终不悟也。人君无愚智贤不肖，莫不欲求忠以自为，举贤以自佐，然亡国破家相随属，而圣君治国累世而不见者，其所谓忠者不忠，而所谓贤者不贤也。怀王以不知忠臣之分，故内惑于郑袖，外欺于张仪，疏屈平而信上官大夫、令尹子兰。兵挫地削，亡其六郡，身客死于秦，为天下笑。此不知人之祸也。《易》曰："井渫不食，为我心恻，可以汲。王明，并受其福。"王之不明，岂足福哉！

令尹子兰闻之大怒，卒使上官大夫短屈原于顷襄王，顷襄王怒而迁之。

屈原至于江滨，被髪行吟泽畔。颜色憔悴，形容枯槁。渔父见而问之曰："子非三闾大夫欤？何故而至此？"屈原曰："举世混浊而我独清，众人皆醉而我独醒，是以见放。"渔父曰："夫圣人者，不凝滞于物而能与世推移。举世混浊，何不随其流而扬其波？众人皆醉，何不餔其糟而啜其醨？何故怀瑾握瑜而自令见放为？"屈原曰："吾闻之，新沐者必弹冠，新浴者必振衣，人又谁能以身之察察，受物之汶汶者乎！宁赴常流而葬乎江鱼腹中耳，又安能以皓皓之白而蒙世俗之温蠖乎！"

乃作《怀沙》之赋。其辞曰：

陶陶孟夏兮，草木莽莽。伤怀永哀兮，汩徂南土。眴兮窈窕，孔静幽墨。冤结纡轸兮，离愍之长鞠；抚情效志兮，俛诎以自抑。

刓方以为圜兮，常度未替；易初本由兮，君子所鄙。章画职墨兮，前度未改；内直质重兮，大人所盛。巧匠不斲兮，孰察其揆正？玄文幽处兮，曚谓之不章；离娄微睇兮，瞽以为无明。变白而为黑兮，倒上以为下。凤皇在笯兮，鸡雉翔舞。同糅玉石兮，一概而相量。夫党人之鄙妒兮，羌不知吾所臧。

任重载盛兮，陷滞而不济；怀瑾握瑜兮，穷不得余所示。邑犬群吠兮，吠所怪也；诽俊疑桀兮，固庸态也。文质疏内兮，众不知吾之异采；材朴委积兮，莫知余之所有。重仁袭义兮，谨厚以为丰；重华不可牾兮，孰知余之从容！古固有不并兮，岂知其故也？汤禹久远兮，邈不可慕也。惩违改忿兮，抑心而自强；离湣而不迁兮，愿志之有象。进路北次兮，日昧昧其将暮；含忧虞哀兮，限之以大故。

乱曰：浩浩沅湘兮，分流汩兮。修路幽拂兮，道远忽兮。曾吟恒悲兮，永叹慨兮。世既莫吾知兮，人心不可谓兮。怀情抱质兮，独无匹兮。伯乐既殁兮，骥将焉程兮？人生禀命兮，各有所错兮。定心广志，余何畏惧兮？曾伤爰哀，永叹唱兮。世溷不吾知，心不可谓兮。知死不可让兮，愿勿爱兮。明以告君子兮，吾将以为类兮。

于是怀石，遂自投汨罗以死。

屈原既死之後，楚有宋玉、唐勒、景差之徒者，皆好辞而以赋见称；然皆祖屈原之从容辞令，终莫敢直谏。其後楚日以削，数十年竟为秦所灭。

《楚辞章句》楚辞地理总图
蒋骥 清·蒋骥《山带阁注楚辞》

洛神图 元·卫九鼎

离骚 lí sāo

屈原 qū yuán

屈原像 明·朱约佶

该图描写屈原遭谗被长期流放时的悲愤情景。滔滔汨罗江水带着哀怨东去,十里芦荡,萧瑟秋风。屈原抚膝而坐,面临深谷,带着困惑的目光翘首仰望长空,悲愤沉吟,啸叹不已。

九歌图之屈原像　元·张渥

与经典同行　与圣人为伍

离骚

帝<u>高阳</u>之苗裔兮，朕皇考曰<u>伯庸</u>。①
摄提贞于孟陬兮，惟庚寅吾以降。②
皇览揆余初度兮，肇锡余以嘉名。③
名余曰<u>正则</u>兮，字余曰<u>灵均</u>。④
纷吾既有此内美兮，又重之以修能。⑤
扈江离与辟芷兮，纫秋兰以为佩。⑥
汩余若将不及兮，恐年岁之不吾与。⑦

【注释】本书以清·蒋骥撰的《山带阁注楚辞》为范本。本书古音(或许可称为古代楚地语音)基本源于清·蒋骥《山带阁注楚辞》、朱熹《楚辞集注》、江有诰《楚辞韵读》、王力《楚辞韵读》。①高阳：传说中上古帝王颛顼的称号，据说是楚国的远祖。苗裔：后代子孙。朕：先秦之人的自称。皇考：光明伟大的先父。伯庸：屈原父亲之字。②摄提：寅年。摄提格之简称。古以太岁在天宫运转的方向纪年。太岁指向寅宫(斗牛之间)之年称摄提格。贞：正当。孟陬：农历正月。二句指屈原降生于寅年寅月(正月)庚寅日。降：古音一作hóng，与"庸"协韵，降临。今音jiàng。③皇：即皇考。览：观察。揆：估量、揣测。初度：刚降生的时候。肇：开始。锡：赐、赐予。嘉名：美好的名字。④正则：屈原名平，字原，合"正则"之义。灵均：屈原又字。⑤纷：盛、多。内美：天生的美好品质。重：加上。修能：杰出的才能。能，一说在此音nài。按照一定程度上反映古音的金人王文郁编的《平水韵》，"能"处在"上平韵部"的"十灰"，与下面的"佩"协韵。按照王力的《古代汉语》，"能"与"佩"同处在"之部"，协韵。一说"能"通"态"，修能即美好的姿态。⑥扈：披。江离：香草名，即川芎。辟芷：生于偏僻处的白芷。辟，通"僻"。纫：将两缕捻成单绳。⑦汩：水流迅疾，此处指时光飞逝。与：等待。

摄提贞于孟陬兮，惟庚寅吾以降。
明·萧云从

离骚全图之"皇览揆余初度兮，肇锡余以嘉名。"清·门应兆

楚辞

朝搴阰之木兰兮，夕揽洲之宿莽。①
日月忽其不淹兮，春与秋其代序。②
惟草木之零落兮，恐美人之迟暮。③
不抚壮而弃秽兮，何不改乎此度？④
乘骐骥以驰骋兮，来吾道夫先路！⑤
昔三后之纯粹兮，固众芳之所在。⑥
杂申椒与菌桂兮，岂维纫夫蕙茝？⑦
彼尧舜之耿介兮，既遵道而得路。⑧

【注释】①搴：拔取。阰：楚方言，土坡。木兰：香草名。宿莽：一种香草，经冬不死。莽，古音一作mǔ，与上下文的"与""序""暮""度""路"协韵。今音mǎng。②忽：倏忽，转瞬而逝。淹：停留。代序：代谢，更替。③惟：思。美人：作者自喻，亦有人认为指楚怀王。迟暮：年老。④抚：凭借，趁。壮：壮年。秽：脏东西、丑恶的行为。度：法度。⑤骐骥：骏马，此处喻贤臣。来：相招之辞。道：通"导"，引导。⑥三后：指夏禹、商汤、周文王三位明君。众芳：众多的贤臣。在：聚集在一起。⑦申椒：花椒。菌桂：肉桂。维：同"唯"。蕙、茝：均为香草名。⑧耿介：光明正大。遵：遵循。得：得到。道、路：均指正确的治国之道。

扈江离与辟芷兮，纫秋兰以为佩。
清·门应兆

乘骐骥以驰骋兮，来吾道夫先路。
清·门应兆

与经典同行　与圣人为伍

何桀纣之猖披兮,夫唯捷径以窘步。①
惟夫党人之偷乐兮,路幽昧以险隘。②
岂余身之惮殃兮,恐皇舆之败绩。③
忽奔走以先后兮,及前王之踵武。④
荃不察余之中情兮,反信谗而齌怒。⑤
余固知謇謇之为患兮,
忍而不能舍也!⑥
指九天以为正兮,夫唯灵修之故也。⑦
曰黄昏以为期兮,羌中道而改路。⑧

离骚

【注释】①猖披:猖狂邪恶。捷径:斜出的小路,不是正道。窘步:寸步难行。②党人:结党营私的小人。偷乐:苟安享乐。路:国家的前途。隘:狭,一说古音为yì,与"绩"协韵。按《平水韵》,"隘"处在"去声韵部"的"十卦",与下面的"绩"押韵。按照王力的《古代汉语》,"隘"与"绩"同处在"锡部",协韵。今音ài。③惮殃:害怕灾祸。皇舆:帝王的车辇。这里比喻国家。败绩:作战时战车倾覆,指战争失败,也指事业败坏。④及:追上。前王:指古代贤君。踵武:遗迹。⑤荃:香草名,指楚怀王。中情:内心的感情。齌怒:大怒,暴怒。⑥固:本来。謇謇:尽忠直言的样子。患:祸害。舍:据《楚辞集注》,念shù,协音韵,叶尸预反。⑦九天:古人认为天有九重。正:同"证",证明。灵修:指楚怀王。一本此句下有"曰黄昏以为期兮,羌中道而改路"两句,但疑为後人所加。⑧黄昏:古代婚礼于黄昏举行,新郎于此时将新娘迎来。羌:楚辞中的一种發语词。下同。

"指九天以为正兮,夫唯灵修之故也。" 清·门应兆

清·《钦定书经图说》有夏昏德图

5

初既与余成言兮，後悔遁而有他。①
余既不难夫离别兮，伤灵修之数化。②
余既滋兰之九畹兮，又树蕙之百晦。③
畦留夷与揭车兮，杂杜蘅与芳芷。④
冀枝叶之峻茂兮，愿竢时乎吾将刈。⑤
虽萎绝其亦何伤兮，哀众芳之芜秽。⑥
众皆竞进以贪婪兮，凭不厌乎求索。⑦
羌内恕己以量人兮，各兴心而嫉妒。⑧
忽驰骛以追逐兮，非余心之所急。⑨

【注释】①成言：有言在先。他：其他的打算。②难：为难，害怕。数化：屡次变化。③滋：种植。畹：古面积单位。树：栽种。晦：同"亩"，一说古音为mǐ，协韵。今音mǔ。④畦：种植。留夷、揭车：均为香草名。杂：参杂种植。杜蘅、芳芷：均为香草名。⑤竢：同"俟"，等待。刈：收割。⑥萎绝：枯萎花落。芜秽：指所培养的人才（众芳）堕落变节。⑦凭：满。厌：满足。求索：索取追求。索，求。古音一作sù，与下面的"妒"协韵。今音suǒ。⑧羌：发语词。兴心：起心。⑨忽：急急忙忙。驰骛：纵马急驰。追逐：此指追名逐利。

余既滋兰之九畹兮，又树蕙之百晦。
清·门应兆

楚屈原像　明·《三才图会》

与经典同行　与圣人为伍

老冉冉其将至兮，恐修名之不立。①
朝饮木兰之坠露兮，夕餐秋菊之落英。②
苟余情其信姱以练要兮，③
长顑颔亦何伤？④
揽木根以结茞兮，贯薜荔之落蕊。⑤
矫菌桂以纫蕙兮，索胡绳之纚纚。⑥
謇吾法夫前修兮，非世俗之所服。⑦

【注释】①冉冉：渐渐的样子。修名：美好的名声。②英：《楚辞集注》曰："英，於姜反。"协韵"伤"。③苟：假如。信：果真，确实。姱：美好。练要：精诚专一。④顑颔：面黄饥瘦的样子。⑤贯：连成串。薜荔：香草名。⑥矫：举起。索：搓成索。胡绳：香草名。纚纚：长长下坠的样子。⑦謇：楚方言，發语词。法：效仿。前修：前代贤人。服：穿着。《楚辞集注》："服，叶蒲北反"。

西邻蒙帕女独汲古井寒图　清·任熊

离骚

虽不周于今之人兮,①
愿依彭咸之遗则!②
●长太息以掩涕兮,哀民生之多艰。③
余虽好修姱以鞿羁兮,④
謇朝谇而夕替。⑤
既替余以蕙纕兮,又申之以揽茝。⑥
亦余心之所善兮,虽九死其犹未悔!⑦

【注释】①周:合乎,相容。②彭咸:传说中殷代贤臣,谏君不听,投水而死。遗则:留下的法则。则,江有诰《楚辞韵读》:音稷,之部协韵。③太息:叹息。掩涕:拭泪。"艰""替"协韵,如何协韵未详。或云:艰,居垠反;替,它因反。姑且用此音韵。④好:喜欢。修姱:美好高洁的行为。鞿羁:束缚,约束自己。⑤谇:进谏。替:废弃。⑥蕙纕:用蕙草编织的带子。申:加上。⑦善:喜爱。

披头女孛骑淫虹图 清·任熊

与经典同行　与圣人为伍

怨灵修之浩荡兮，终不察夫民心。
众女嫉余之蛾眉兮，①
谣诼谓余以善淫。②
固时俗之工巧兮，偭规矩而改错。③
背绳墨以追曲兮，竞周容以为度。④
忳郁邑余侘傺兮，吾独穷困乎此时也。⑤
宁溘死以流亡兮，余不忍为此态也！⑥

【注释】①众女：指谗佞小人。蛾眉：本指女子美丽的眉毛，此处作者自喻其高洁品行。②谣诼：造谣诬谤。淫：邪乱。③时俗：世俗小人。工巧：善于投机取巧。偭：违反。错：通"措"。旧音cù，与下面的"度"协韵。今音cuò。④背：违背。绳墨：木匠用以取直画线，此喻正路。周容：苟合求容。度：法度。⑤忳：愁闷。郁邑：郁闷烦恼。侘傺：不得志之状。⑥溘：突然，忽然。态：一说古音作tì，与"时"协韵。今音tài。

离骚

余虽好修姱以鞿羁兮，謇朝谇而夕替。
清·门应兆

众女嫉余之蛾眉兮，谣诼谓余以姜淫。
清·门应兆

鸷鸟之不群兮,自前世而固然。①
何方圆之能周兮,夫孰异道而相安?
屈心而抑志兮,忍尤而攘诟。
伏清白以死直兮,固前圣之所厚。②
悔相道之不察兮,延伫乎吾将反。③
回朕车以复路兮,及行迷之未远。④
步余马于兰皋兮,驰椒丘且焉止息。⑤
进不入以离尤兮,退将复修吾初服。⑥

【注释】①鸷鸟:一种猛禽,此处指品行刚正之人。②伏:保持。死直:坚守正道而死。厚:看重,嘉许。③相:察看。延伫:长时站立。反:通"返"。④复路:走回头路。⑤皋:水边高地。椒丘:长着椒树的小丘。且:暂且。焉:于此。止息:休息。⑥离:通"罹",遭受。尤:罪过。初服:以前的服饰,喻原来的志向。服,古音一作bì,与上面的"息"协韵。

鸷鸟之不群兮,自前世而固然。清·门应兆

步余马于兰皋兮,驰椒丘且焉止息。清·门应兆

与经典同行　与圣人为伍

制芰荷以为衣兮，集芙蓉以为裳。①
不吾知其亦已兮，苟余情其信芳。②
高余冠之岌岌兮，长余佩之陆离。③
芳与泽其杂糅兮，唯昭质其犹未亏。④
忽反顾以游目兮，将往观乎四荒。⑤
佩缤纷其繁饰兮，芳菲菲其弥章。⑥
民生各有所乐兮，余独好修以为常。
虽体解吾犹未变兮，岂余心之可惩！⑦
● 女媭之婵媛兮，申申其詈予，曰：⑧

离骚

【注释】①芰荷：菱叶和荷叶。衣：上衣。芙蓉：荷花，亦称芙蕖。裳：下衣。②不吾知：即不知吾。亦已：也算了。信：真正。③岌岌：高耸的样子。陆离：色彩光亮的样子。离，一说古音作luó（今音lí），而下面的"亏"古音作kuō（今音kuī），协韵。④昭质：纯洁光辉的品质。亏：亏损，损伤。⑤游目：纵目远眺。四荒：四面八方荒远之地。⑥缤纷：盛多的样子。繁：多。章：同"彰"，显著。⑦体解：肢解，古代酷刑。惩：惩戒。古音一作cháng，协韵。今音chéng。⑧女媭：楚之女巫名，此处指女伴。婵媛：牵持不舍貌。一说为喘息，情绪激动。申申：反反復復。詈：责骂。

制芰荷以为衣兮，集芙蓉以为裳。清·门应兆

女媭之婵媛兮，申申其詈予。清·门应兆

"鲧婞直以亡身兮,终然夭乎羽之野。①
汝何博謇而好修兮,纷独有此姱节?②
薋菉葹以盈室兮,判独离而不服。③
众不可户说兮,孰云察余之中情?④
世并举而好朋兮,夫何茕独而不予听?"⑤
依前圣以节中兮,喟凭心而历兹。⑥
济沅湘以南征兮,就重华而陈词:
"启《九辩》与《九歌》兮,夏康娱以自纵。⑧

【注释】①鲧:同"鮌"。禹的父亲。婞直:倔强刚直。夭:同"殀",早亡。野:一说古音yǔ,与上面的"予"协韵。今音yě。②博謇:过多的直言。节:《楚辞集注》:"节,叶音,即。"又曰:"服,叶,蒲北反。"③薋:草多貌。引申为把草积聚起来。一说通"茨",蒺藜。菉、葹:均草名。皆为普通的草。判:分别。服:佩带。④户:挨家逐户。⑤并举:互相吹捧。朋:朋聚,结党。茕独:孤独。无兄弟称茕,无子为独。⑥节中:适中,不偏不倚。喟:叹息。凭:愤怒。历:逢。兹:此。⑦重华:舜的名字。⑧启:夏启,禹的儿子。九辩、九歌:均为乐曲名。夏康:指太康。

济沅湘以南征兮,就重华而陈辞。
清·门应兆

夏康娱以自纵,五子用失乎家衖。
清·门应兆

与经典同行　　与圣人为伍

不顾难以图后兮，五子用失乎家巷。①
羿淫游以佚畋兮，又好射夫封狐。②
固乱流其鲜终兮，浞又贪夫厥家。③
浇身被服强圉兮，纵欲而不忍。④
日康娱而自忘兮，厥首用夫颠陨。⑤
夏桀之常违兮，乃遂焉而逢殃。⑥
后辛之菹醢兮，殷宗用之不长。⑦
汤禹俨而祗敬兮，周论道而莫差。⑧

【注释】①不顾难：不顾后来的患难。五子：启之子武观。一说为启的五个儿子。失：应为夫之误。一说"失"为衍文。用夫，因而。衖：宫中道路。用失乎家衖，指国破家亡。一说衖（即巷）通閧或假借为讧，家衖（巷）指家庭内部相互争斗，音hòng。②羿：有穷国国君，善射。淫、佚：过分。畋：打猎。封狐：大狐狸。③鲜终：少有善终。浞：寒浞，羿之相，後杀羿夺其妻。厥：其。家：古代时对女子、妇女的尊称。古音gū，与上面的"狐"协韵。④浇：寒浞之子。强圉：强壮力大，另说"坚甲"。忍：克制。⑤颠陨：坠落。⑥遂焉：终至于此。⑦后辛：即纣王，名辛。菹醢：把人剁成肉酱。殷宗：殷朝的宗庙社稷。用：因。⑧汤：商汤。禹：夏禹。俨：庄重严肃。祗：敬畏。周：指周文王、周武王。道：治国之道。差：过。旧音cuō，与下面的"颇"协韵。

离骚

羿淫游以佚田兮，又好射夫封狐。
清·门应兆

后羿距河图　清·《钦定书经图说》

楚辞

举贤才而授能兮，循绳墨而不颇。①
皇天无私阿兮，览民德焉错辅。②
夫维圣哲以茂行兮，苟得用此下土。③
瞻前而顾后兮，相观民之计极。④
夫孰非义而可用兮，孰非善而可服？⑤
阽余身而危死兮，览余初其犹未悔。⑥
不量凿而正枘兮，固前修以菹醢。"⑦
曾歔欷余郁邑兮，哀朕时之不当。⑧
揽茹蕙以掩涕兮，沾余襟之浪浪。⑨
● 跪敷衽以陈辞兮，耿吾既得此中正。⑩
驷玉虬以乘鹥兮，溘埃风余上征。⑪

【注释】①绳墨：喻法度。颇：偏颇，偏差。②私：偏心不公。阿：迎合，偏袒。无私阿，即公正不偏之意。览：察看。错辅：辅佐。错，通"措"。③维：同"唯"。茂行：盛德之行。行，古音xíng。用：享用，享有。④相观：观察。计极：衡量的标准。一说指愿望、要求。⑤服：与"极"协韵。《楚辞集注》："服，叶蒲北反。"⑥阽：濒临危险。一音yán。危死：几近于死。⑦凿：安柄的孔洞。旧读zuò。枘：柄。醢：一说古音作huǐ，与上面的"悔"协韵。今音hǎi。⑧曾：同"增"，多次，屡次。歔欷：饮泣声。当：值。不当，没遇上。⑨浪浪：泪水滚滚不止的样子。⑩敷衽：敞开衣服的前襟，以示坦率。耿：明亮的样子。中正：不偏不倚的正道。⑪驷：驾御。虬：无角之龙。鹥：传说中的鸟。溘：掩盖。一说迅疾。埃风：卷着尘埃的风。

驷玉虬以乘鹥兮，溘埃风余上征。 清·门应兆

同心匡辟图 清·《钦定书经图说》

与经典同行 与圣人为伍

离骚

朝发轫于苍梧兮，夕余至乎县圃。①
欲少留此灵琐兮，日忽忽其将暮。②
吾令羲和弭节兮，望崦嵫而勿迫。③
路曼曼其修远兮，吾将上下而求索。④
饮余马于咸池兮，总余辔乎扶桑。⑤
折若木以拂日兮，聊逍遥以相羊。⑥
前望舒使先驱兮，后飞廉使奔属。⑦
鸾皇为余先戒兮，雷师告余以未具。⑧

【注释】①发轫：车辆出发。苍梧：即九嶷山，相传舜死葬于此。县圃：传说中的山名，在昆仑山顶。县，通"悬"。②灵琐：宫门上雕刻的花纹，这里指门，因县圃是神仙聚居之地，故称"灵琐"。③羲和：传说中太阳的驾车人。弭节：停车不进。崦嵫：神话中的山名。迫：迫近，逼近。④上下：可解为上天下地。⑤饮：使喝水。咸池：神话中日浴之处。总：系住。扶桑：树名，传说生于太阳升起的旸谷上。⑥若木：神话中树名。拂日：蔽日，遮住阳光。相羊：义同"徜徉"，安闲自在地行走。⑦望舒：月神的驾车人。飞廉：神话中的人物，风神。⑧鸾皇：凤凰。戒：警戒。雷师：雷公。未具：行装未准备好。

饮余马于咸池兮，总余辔乎扶桑。 清·门应兆

前望舒使先驱兮，后飞廉使奔属。 清·门应兆

吾令凤鸟飞腾兮，继之以日夜。①
飘风屯其相离兮，帅云霓而来御。②
纷总总其离合兮，斑陆离其上下。③
吾令帝阍开关兮，倚阊阖而望予。④
时暧暧其将罢兮，结幽兰而延伫。⑤
世溷浊而不分兮，好蔽美而嫉妒。⑥
● 朝吾将济于白水兮，登阆风而绁马。⑦
忽反顾以流涕兮，哀高丘之无女。

楚辞

【注释】①夜：《楚辞集注》："如字，或叶羊茹反。"此处为协韵取yù音。②飘风：旋转的风。屯：聚集。离：通"丽"，附着。帅：率领，统帅。御：通"迓"，迎接。《楚辞集注》："御，叶音迓，或如字。"此处为协韵，读如字，即yù。③纷总总：聚集众多的样子。斑：色彩驳杂的样子。陆离：参差。下：此读古音一作hù。④阍：守门人。阊阖：天门。⑤时：天色。暧暧：昏暗状。罢：尽，完。⑥溷浊：即混浊。⑦阆风：神话中山名。绁：系。马：一说古音亦作mǔ。协韵。

吾令帝阍开关兮，倚阊阖而望余。 清·门应兆

朝吾将济于白水兮，登阆风而绁马。 清·门应兆

溘吾游此春宫兮,折琼枝以继佩。①
及荣华之未落兮,相下女之可诒。②
吾令丰隆乘云兮,求宓妃之所在。③
解佩纕以结言兮,吾令蹇脩以为理。④
纷总总其离合兮,忽纬繣其难迁。⑤
夕归次于穷石兮,朝濯发乎洧盘。⑥
保厥美以骄傲兮,日康娱以淫游。⑦
虽信美而无礼兮,来违弃而改求。⑧

【注释】①继:增加,补充。佩:叶音,平秘切。②荣华:鲜花。华,即花。下女:下界的女子。诒:通"贻",赠予,指聘礼。③丰隆:云神,一说雷神。宓妃:相传为伏羲之女,溺于洛水,遂成洛神。在:《楚辞集注》:"在,叶才里反"。或者读zài,则下"理"读lài,协韵。此处取前一说法。即《山带阁注楚辞》的说法。④结言:盟约。蹇脩:传为伏羲之臣。理:提亲人。⑤纬繣:乖戾,不相适合。迁:迁就。⑥次:停留。穷石:神话中山名。洧盘:神话中河名。⑦保:依仗,凭借。⑧违弃:背弃,离弃。改求:改变,另有所求。

离骚

折琼枝以继佩;相下女之可诒。 清·门应兆

吾令丰隆乘云兮,求宓妃之所在。 清·门应兆

览相观于四极兮，周流乎天余乃下。①
望瑶台之偃蹇兮，见有娀之佚女。②
吾令鸩为媒兮，鸩告余以不好。③
雄鸠之鸣逝兮，余犹恶其佻巧。④
心犹豫而狐疑兮，欲自适而不可。⑤
凤皇既受诒兮，恐高辛之先我。⑥
〇欲远集而无所止兮，聊浮游以逍遥。⑦
及少康之未家兮，留有虞之二姚。⑧

【注释】①下：古音一作hù，与下面的"女"协韵。②瑶台：以美玉砌成的台。瑶，美玉。此处指华贵的建筑。偃蹇：高耸的样子。有娀：传说中的部落名。佚女：美丽的女子。③鸩：鸟名，其羽有毒，饮鸩可致人死命。④佻巧：轻佻浅薄。⑤适：前往。⑥受诒：接受聘礼（去转送）。高辛：帝喾的别号。⑦集：鸟栖于树。⑧少康：夏朝中兴的国君。家：成家。有虞：传说中上古国名，姚姓。二姚：指有虞国君的两个女儿。

望瑶台之偃蹇兮，见有娀之佚女。 清·门应兆

帝女观刑图 清·《钦定书经图说》

与经典同行　与圣人为伍

理弱而媒拙兮,恐导言之不固。①
世溷浊而嫉贤兮,好蔽美而称恶。
闺中既以邃远兮,哲王又不寤。②
怀朕情而不发兮,余焉能忍与此终古!③
●索藑茅以筳篿兮,命灵氛为余占之。④
曰:"两美其必合兮,孰信修而慕之?⑤
思九州之博大兮,岂惟是其有女?"⑥
曰:"勉远逝而无狐疑兮,⑦
孰求美而释女?"⑧

【注释】①理:提亲人。弱:无能。媒:媒人。拙:笨拙。导言:传递双方的话。不固:不可靠。②以:通"已",甚。邃:深远。哲王:明君,指楚怀王。寤:通"悟",醒悟。③终古:终始,永远。古,始。④索:取。藑茅:灵草名,可用于占卜。以:与。筳:小竹片。篿:用草和竹片占卦。灵氛:作者指占卜者之名。⑤信修:真正美好。慕:一说当读做"念",与上面的"占"协韵。但按清代蒋骥说法,这里是两个"之"协韵。⑥是:此,这里。指楚国。⑦勉:劝勉。⑧女:通"汝"。

索藑茅以筳篿兮,命灵氛为余占之。清·门应兆

帝舜图　清·《钦定书经图说》

离骚

读经诵典　受益匪浅

何所独无芳草兮，尔何怀乎故宇？
世幽昧以眩曜兮，孰云察余之善恶？①
民好恶其不同兮，惟此党人其独异。
户服艾以盈要兮，谓幽兰其不可佩。②
览察草木其犹未得兮，岂珵美之能当？③
苏粪壤以充帏兮，谓申椒其不芳。"④
欲从灵氛之吉占兮，心犹豫而狐疑。
巫咸将夕降兮，怀椒糈而要之。⑤
百神翳其备降兮，九疑缤其并迎。⑥

【注释】①幽昧：昏暗、黑暗。眩曜：阳光强烈令人眼花瞭乱。云：语助词。恶：古音一作wù，与"女""宇"协韵。今音è。②户：家家户户。服：佩。艾：艾草。要：通"腰"。③珵：美玉。④苏：取。帏：古人佩用的香袋。⑤巫咸：传说中神巫。降：神仙降临下界。糈：精米。要：同"邀"。⑥翳：遮天蔽日状。备：齐全，都。九疑：指九嶷山的神。迎：音鱼庆反，音yíng。《楚辞集注》："迎，地音御。"即此处音yù，与下面的"故"协韵。

楚辞

百神翳其备降兮，九疑缤其并迎。
清·门应兆

巡守南岳图　清·《钦定书经图说》

与经典同行　与圣人为伍

皇剡剡其扬灵兮,告余以吉故。①
曰:"勉升降以上下兮,求矩矱之所同。②
汤禹严而求合兮,挚咎繇而能调。③
苟中情其好修兮,又何必用夫行媒?④
说操筑于傅岩兮,武丁用而不疑。⑤
吕望之鼓刀兮,遭周文而得举。⑥
甯戚之讴歌兮,齐桓闻以该辅。⑦
及年岁之未晏兮,时亦犹其未央。⑧

【注释】①皇:指天。剡剡:闪闪發光的样子。扬灵:显灵。吉故:过去君臣遇合的吉事。②矩矱:量度的工具,比喻法度准则。③挚:伊尹名,相传是商汤的贤相。咎繇:皋陶,相传是夏禹的贤相。调:协调。《楚辞集注》:调,叶音同。④行媒:行走往来作媒。《楚辞集注》:"媒,明丕反"。⑤说:傅说,殷高宗时贤臣。操:拿。筑:版筑,砌墙的工具。⑥吕望:即姜太公。鼓刀:摆弄刀发出的声响。⑦甯戚:春秋卫国人,曾在齐东门外喂牛并扣牛角而歌,齐桓公闻之用为卿。该辅:备位于辅佐大臣之列。该,备。⑧晏:晚。央:尽。

离骚

说操筑于傅岩兮,武丁用而不疑。　清·门应兆

甯戚之讴歌兮,齐桓闻以该辅。　清·门应兆

恐鹈鴂之先鸣兮，使夫百草为之不芳。"
何琼佩之偃蹇兮，众薆然而蔽之？①
惟此党人之不谅兮，恐嫉妒而折之。②
时缤纷其变易兮，又何可以淹留？
兰芷变而不芳兮，荃蕙化而为茅。③
何昔日之芳草兮，今直为此萧艾也。④
岂其有他故兮，莫好修之害也！

【注释】①偃蹇：高卓、突出的样子。薆然：隐蔽遮盖的样子。蔽：古音一作piē，与下面的"折"协韵。今音bì。②谅：诚信。③《楚辞集注》："茅，叶莫侯反"。④萧、艾：均为贱草名。

楚辞

恐鹈鴂之先鸣兮，使夫百草为之不芳。
清·门应兆

说筑傅岩图　清·《钦定书经图说》

与经典同行　　与圣人为伍

余以兰为可恃兮，羌无实而容长。①
委厥美以从俗兮，苟得列乎众芳。②
椒专佞以慢慆兮，樧又欲充夫佩帏。③
既干进而务入兮，又何芳之能祗？④
固时俗之流从兮，又孰能无变化？
览椒兰其若兹兮，又况揭车与江离？⑤
惟兹佩之可贵兮，委厥美而历兹。

【注释】①羌：语助词。容长：外表美丽。②委：抛弃。厥美：他原有的美丽。③椒：指有才而变节的人。慆：傲慢。樧：茱萸一类的恶草。④干进、务入：均指向上钻营。祗：敬，此指保持。⑤离：《楚辞集注》："离，叶音罗化。"

离骚

纠修于顶妙华髻图　清·任熊

芳菲菲而难亏兮，芬至今犹未沬。①
和调度以自娱兮，聊浮游而求女。②
及余饰之方壮兮，周流观乎上下。③
灵氛既告余以吉占兮，
历吉日乎吾将行。④
折琼枝以为羞兮，精琼爢以为粻。⑤

【注释】①沬：已。《楚辞集注》："沬，叶莫支反。"音mì，与"兹"协韵。②和：谐协。调：佩玉發出的声响。度：行进的节奏，由车上銮铃的声响显示之。③周流：即周游四方。下：古音hù，与上面的"女"协韵。④历：选择。行：古音háng，与下面的"粻"协韵。⑤羞：同"馐"，精美的食物。爢：碎屑。粻：粮。

一姝天人何妙妸，应怜景武是英雄　清·任　熊

与经典同行　与圣人为伍

为余驾飞龙兮,杂瑶象以为车。①
何离心之可同兮,吾将远逝以自疏。
遭吾道夫昆仑兮,路修远以周流。②
扬云霓之晻蔼兮,鸣玉鸾之啾啾。③
朝发轫于天津兮,夕余至乎西极。④
凤皇翼其承旂兮,高翱翔之翼翼。⑤
忽吾行此流沙兮,遵赤水而容与。⑥
麾蛟龙使梁津兮,诏西皇使涉予。⑦

【注释】①**杂**:兼用。**瑶**:一种玉石。**象**:象牙。**以为车**:用以装饰车辆。**车**,古音jū,与下面的"疏"协韵。②**遭**:楚方言,转向,转弯。③**扬**:举。**云霓**:虹。画在旌旗上。**晻蔼**:旌旗蔽日貌。**鸾**:马身上系的铃。④**天津**:天河的渡口。⑤**旂**:画有龙形的旗帜。**翼翼**:整齐的样子。⑥**遵**:循着。**容与**:从容不迫的样子。⑦**麾**:指挥。**梁津**:谓为桥以渡。**梁**,作动词用,架设。**诏**:命令。**西皇**:西方之神。

离骚

折琼枝以为羞兮,精琼靡以为粻。　清·门应兆

为余驾飞龙兮,杂瑶象以为车。　清·门应兆

路修远以多艰兮,腾众车使径待。①
路不周以左转兮,指西海以为期。②
屯余车其千乘兮,齐玉轪而并驰。③
驾八龙之蜿蜿兮,载云旗之委蛇。④
抑志而弭节兮,神高驰之邈邈。⑤
奏《九歌》而舞《韶》兮,聊假日以媮乐。⑥
陟升皇之赫戏兮,忽临睨夫旧乡。⑦

【注释】①腾：过。径：直。待：等待。一说古音作dì，与下面的"期"协韵。一作"侍"。②路：路过。不周：山名。指：语。西海：传说中西方的海。期：目的地。③屯：聚集，屯集。轪：楚方言，车轮。④蜿蜿：一作"婉婉"，义同。龙马前後相连，蜿蜒而行的样子。委蛇：蜷曲、伸展的样子。⑤抑志：平抑自己的情绪。弭节：按辔缓行的意思。刘梦鹏《屈子章句》："弭节，从容缓进也。"邈邈：遥远的样子。⑥假：借。媮：通"愉"。乐：古音一作yào。按照一定程度上反映古音的《平水韵》，"邈"与"乐"同属于"入声部"的"三觉"，协韵。按照王力的《古代汉语》，"邈"和"乐"同处"药"部，协韵。⑦陟：登高。皇：皇天。赫戏：光明的样子。戏，同"曦"。睨：旁观。

驾八龙之婉婉兮，载云旗之委蛇。清·门应兆

陟升皇之赫戏兮，忽临睨夫旧乡。清·门应兆

与经典同行　与圣人为伍

仆夫悲余马怀兮,蜷局顾而不行。①

○ 乱曰:已矣哉!②

国无人莫我知兮,又何怀乎故都?

既莫足与为美政兮,③

吾将从彭咸之所居!

【注释】①仆夫:仆从。马怀:言马亦伤心。蜷局:指马身蜷缩。行:此音háng,与上面的"乡"协韵。②已矣哉:算了吧。③美政:指作者的政治主张和理想。

沈酗败德图　清·《钦定书经图说》

离骚

湘君湘夫人图 明·文徵明

此图画湘君与湘夫人,是根据屈原《楚辞·九歌》中的《湘君》《湘夫人》创作的。湘君和湘夫人为湘水之神,或云为尧的两个女儿。

九歌

_{jiǔ gē}

九歌图之东皇太一　元·张　渥

图中吴睿所书《九歌》亦改用篆书，并识云"至正六年九月既望吴叡书"。"至正六年"为1346年。

读经诵典　受益匪浅

东皇太一①

屈原

吉日兮辰良，穆将愉兮上皇。②
抚长剑兮玉珥，璆锵鸣兮琳琅。③
瑶席兮玉瑱，盍将把兮琼芳。④
蕙肴蒸兮兰藉，奠桂酒兮椒浆。⑤
扬枹兮拊鼓，疏缓节兮安歌，⑥
陈竽瑟兮浩倡。⑦
灵偃蹇兮姣服，芳菲菲兮满堂。⑧
五音纷兮繁会，君欣欣兮乐康。⑨

【注释】①太一：星名，天之尊神。祠在楚东，以配东帝，故云东皇。②辰良：即良辰的倒文，以便与"皇""琅"协韵。穆：《尔雅》："敬也。"愉：乐。上皇：谓东皇太一。③珥：古剑顶端部分，这里指剑柄。璆：美玉名。锵：佩玉相击之音。琳琅：美玉名。④瑶席：以玉饰席。玉瑱：玉做的压镇之物。瑱，通"镇"。盍：何不。⑤蕙肴：以蕙草蒸肉。肴，祭祀用的肉。蒸：进献。藉：衬垫，指垫底用的东西。奠：设酒食以祭。⑥枹：即桴，鼓槌。拊：拍，引申为敲击。⑦浩倡：大声唱。倡，同"唱"。⑧灵：巫。偃蹇：舞貌。姣服：美丽的服饰。⑨五音：指宫、商、角、徵、羽五种音阶。君：尊称，指东皇太一。欣欣：喜貌。康：安。

九歌图之东皇太一　南宋·无款

楚辞

与经典同行　与圣人为伍

云中君

屈原

浴兰汤兮沐芳，华采衣兮若英。①
灵连蜷兮既留，烂昭昭兮未央。②
蹇将憺兮寿宫，与日月兮齐光。③
龙驾兮帝服，聊翱游兮周章。④
灵皇皇兮既降，猋远举兮云中。⑤
览冀州兮有馀，横四海兮焉穷。⑥
思夫君兮太息，极劳心兮忡忡。⑦

【注释】①浴：洗身体。沐：洗头髮。《说文》："沐，濯髮也。"若：杜若。英：花。此读古音yāng，与下面的"央""光""章"协韵。今音yīng。②灵：巫。连蜷：回环宛曲的样子。此指巫迎神导引貌。烂：灿烂。昭：光明。③蹇：發语词，楚方言。憺：安。寿宫：供神之处。④聊：姑且。周章：环游往復。⑤灵：谓云神。皇皇：美貌。降：古音hóng，与"中""穷""忡"协韵。⑥览：望。冀州：两河之间曰冀州。尧所都。猋：迅速，迅疾。举：高飞。⑦太息：叹息。忡忡：同"忡忡"，忧伤貌。

九歌图之云中君　南宋·无款

读经诵典 受益匪浅

湘君①

屈原

● 君不行兮夷犹，蹇谁留兮中洲？②
美要眇兮宜修，沛吾乘兮桂舟。③
令沅湘兮无波，使江水兮安流。
望夫君兮未来，吹参差兮谁思？④

● 驾飞龙兮北征，邅吾道兮洞庭。⑤
薜荔柏兮蕙绸，荪桡兮兰旌。⑥
望涔阳兮极浦，横大江兮扬灵。⑦

● 扬灵兮未极，女婵媛兮为余太息！⑧
横流涕兮潺湲，隐思君兮陫侧。⑨

【注释】①湘君：指舜，传说舜南巡死于苍梧，二妃投水而死化为湘水女神，即湘夫人。②夷犹：犹豫不决。③要眇：美好貌。眇，同"妙"。沛：水势洪大迅急的样子。吾：屈原自指。④来：一说古音作lí，与"思"协韵。参差：原指不齐，此代指排箫。⑤邅：楚地方言，转弯。⑥柏：一作"柏"，槫壁，音bó。一说通"箔"，帘子。绸：缚束。一说通"帱"，帷帐。荪：香草名。桡：船桨。⑦涔阳：洲渚名，在今湖南澧县。极浦：极远处的水边。浦，水涯。灵：精诚。⑧极：已。女谓女嬃，屈原姊。婵媛：犹牵动，此指内心牵挂。⑨潺湲：缓缓流下貌，形容泪流不止。隐：痛。陫侧：同"悱恻"，悲伤。一说陫意为陋。侧：《楚辞集注》："侧，叶札力反。"

九歌图之湘君 南宋·无款

与经典同行　与圣人为伍

桂櫂兮兰枻，斵冰兮积雪。①
采薜荔兮水中，搴芙蓉兮木末。②
心不同兮媒劳，恩不甚兮轻绝。③
石濑兮浅浅，飞龙兮翩翩。④
交不忠兮怨长，期不信兮告余以不闲。
○ 朝骋骛兮江皋，夕弭节兮北渚。⑤
鸟次兮屋上，水周兮堂下。⑥
○ 捐余玦兮江中，遗余佩兮澧浦。⑦
采芳洲兮杜若，将以遗兮下女。⑧
时不可兮再得，聊逍遥兮容与。⑨

九歌 湘君

【注释】①櫂：同"棹"，船桨。枻：船舵。《楚辞集注》：枻，音曳。斵：砍。②搴：拔。芙蓉：指荷花。③媒劳：男女心意不同，则媒人疲劳。恩不甚：指男女之间感情不深。④石濑：沙石之间的流水。浅浅：水流疾貌。⑤骋骛：疾走。皋：水边高地。弭节：即停车。弭，止。节，鞭。渚：水中小块陆地。⑥周：环绕四周。下：此读古音hù，与"渚""浦""女"与"协韵。⑦玦：圆形有缺口的玉。澧：澧水，在湖南，流入洞庭湖。⑧遗：赠予。下：人间。女：喻臣。贤臣。⑨容与：舒缓安适貌。

九歌图之湘君　元·张渥

湘夫人

屈原

帝子降兮北渚,目眇眇兮愁予。①
嫋嫋兮秋风,洞庭波兮木叶下。②
登白薠兮骋望,与佳期兮夕张。③
鸟何萃兮薠中?罾何为兮木上?④
沅有茝兮澧有兰,思公子兮未敢言。
荒忽兮远望,观流水兮潺湲。⑤
麋何食兮庭中?蛟何为兮水裔?⑥

【注释】①帝子:这里是对湘夫人(尧二女娥皇、女英)的敬称。古时男女均可称"子"。下文"公子""佳人"均是湘君称湘夫人之词。此帝子喻贤臣。眇眇:远视貌。②嫋嫋:即袅袅,细长柔弱。下:古音一作hù,与上面的"渚""予"协韵。③登:此字原无,後据《楚辞补注》引一本补。白薠:一种秋草。骋望:极目远望。佳:佳人,谓湘夫人。夕张:傍晚时陈列好见面用的东西。张,古音zhàng,指陈设帷帐等物。下同。④萃:荟萃聚集。薠:一种水草。罾:鱼网。⑤荒忽:同"恍惚",模糊不清。⑥麋:麋鹿,俗名四不像。水裔:水边。

九歌图之湘夫人　南宋·无款

与经典同行　与圣人为伍

朝驰余马兮江皋，夕济兮西澨。①
闻佳人兮召予，将腾驾兮偕逝。②
筑室兮水中，葺之兮荷盖。③
荪壁兮紫坛，播芳椒兮成堂。④
桂栋兮兰橑，辛夷楣兮药房。⑤
罔薜荔兮为帷，擗蕙櫋兮既张。⑥
白玉兮为镇，疏石兰兮为芳。⑦

【注释】①澨：水边。②偕：俱。逝：往。③葺：修建房屋。盖：《楚辞集注》：盖，叶居义反。④荪壁：以荪草饰室壁。紫坛：用紫贝叶铺盖庭院。坛，楚人以中庭为坛。成：即盛，修饰，涂饰。⑤橑：屋椽。楣：门顶框横木。药：白芷。房：卧室。⑥罔：同"网"，编织。擗：析，剖开。櫋：室中的隔扇。张：陈设。⑦疏：分散，陈列。

九歌图之湘夫人　元·张渥

九歌　湘夫人

芷葺兮荷屋，缭之兮杜衡。①
合百草兮实庭，建芳馨兮庑门。②
九嶷缤兮并迎，灵之来兮如云。③
捐余袂兮江中，遗余褋兮澧浦。④
搴汀洲兮杜若，将以遗兮远者。⑤
时不可兮骤得，聊逍遥兮容与。⑥

【注释】①缭：缠绕。衡：一说古音作háng，协韵。②实：满。庑：走廊。③九嶷：山名，即湘君死地苍梧山，此指九嶷山的众神。缤：纷纷。迎：旧音yìng。灵：神仙，指众神。④袂：衣袖，代指衣服。遗：丢下。褋：贴身衣物。⑤远者：神及君，谓高贤隐士。远，《楚辞集注》："者，叶音渚，又音睹。"这里取zhǔ音，协韵。⑥骤：数，屡次，多次。

湘夫人图　宋·李公麟

与经典同行　与圣人为伍

大司命（dà sī mìng）①

屈原（qū yuán）

● 广开兮天门，纷吾乘兮玄云。②
令飘风兮先驱，使冻雨兮洒尘。③
君回翔兮以下，踰空桑兮从女。④
纷总总兮九州，何寿夭兮在予！
高飞兮安翔，乘清气兮御阴阳。
吾与君兮斋速，导帝之兮九坑。⑤
灵衣兮被被，玉佩兮陆离。⑥

【注释】①大司命：掌管凡人生死寿命的天神。②吾：谓大司命。玄：黑色。③飘风：旋风。冻雨：暴雨。洒：通"洗"。④空桑：神话中山名。下：古音hù，与下面的"女""予"协韵。⑤吾：屈原。斋：戒。朱熹《楚辞集注》作齐。速：疾。之：往。九坑：指九州之山。坑，音gāng，山脊。一本作"阬"。⑥灵衣：神衣。被被：即披披，被风吹动的样子。

九歌 大司命

九歌图之大司命　南宋·无款

壹阴兮壹阳,众莫知兮余所为。
折疏麻兮瑶华,将以遗兮离居。①
老冉冉兮既极,不寖近兮愈疏。②
乘龙兮辚辚,高驰兮冲天。③
结桂枝兮延伫,羌愈思兮愁人。④
愁人兮奈何!愿若今兮无亏。⑤
固人命兮有当,孰离合兮可为?⑥

【注释】 ①疏麻:神麻。瑶华:白玉色的花。离居:离别远居的人,此指隐者。华:《楚辞集注》:"华,叶芳无反。"亦可读fū。②极:穷。寖近:渐渐亲近。寖,稍。疏:远。③辚辚:车声。天:一说古音作tīn,协韵。④延伫:长时间地伫立。羌:发语词。⑤何:《楚辞集注》:"何,叶音奚。"奚,古音略同kèi。现今粤语正作kèi音。kèi音正与"亏""为"协韵。王力先生说:"粤语中保留了不少古汉语读音。"所言极是,于是可见一斑。亏:歇。⑥当:值,遭。

九歌图之大司命 元·张渥

与经典同行　与圣人为伍

少司命（shào sī mìng）①

屈原（qū yuán）

● 秋兰兮麋芜，罗生兮堂下。②
绿叶兮素华，芳菲菲兮袭予。③
夫人自有兮美子，荪何以兮愁苦？④
秋兰兮青青，绿叶兮紫茎。⑤
满堂兮美人，忽独与余兮目成。⑥
入不言兮出不辞，乘回风兮载云旗。
悲莫悲兮生别离，乐莫乐兮新相知。

【注释】①少司命：传说中掌管人的后代子嗣的天神。②麋芜：香草名。罗：罗列，并列。下：古音 hù，与下面的"予""苦"协韵。③素华：白色的花。④夫：语助词。子：子女。荪：香草名，比喻少司命。⑤青青：草木茂盛貌。青，音 jīng。⑥满堂：喻天下。余：屈原自称。目成：眉目传情，两情相悦。

九歌图之少司命　南宋·无款

读经诵典　受益匪浅

荷衣兮蕙带，儵而来兮忽而逝。①
夕宿兮帝郊，君谁须兮云之际？②
与女(汝)游兮九河，冲风至兮水扬波。③
与女(汝)沐兮咸池，晞女(汝)髪兮阳之阿。④
望美人兮未来，临风怳兮浩歌。⑤
孔盖兮翠旍，登九天兮抚彗星。⑥
竦长剑兮拥幼艾，荪独宜兮为民正。⑦

【注释】①带：《楚辞集注》："带，叶丁计反。"儵：同"倏"，忽然。②须：等待。③女：通"汝"，谓少司命。九河：天河。冲风：暴风。古本无此二句。当是由《河伯》所窜入，後删。④咸池：星名，盖天池也，《楚辞集注》："池，一作'沱'，并叶音陀。"晞：干。阿：曲隅，曲处。日所行也。⑤美人：指少司命。怳：失意貌。浩：大。⑥孔盖：用孔雀羽毛做的车盖。旍：通"旌"，旗帜。⑦竦：持，举起。幼艾：美好的孩童。艾，美好。一说艾，长也。荪：香草，谓神，以喻君正：主宰。古音一作zhēng，叶韵。

楚辞

九歌图之少司命　元·张渥

40

与经典同行　与圣人为伍

东君①

qū yuán
屈　原

○ 暾将出兮东方,照吾槛兮扶桑。②
抚余马兮安驱,夜皎皎兮既明。③
驾龙辀兮乘雷,载云旗兮委蛇。④
长太息兮将上,心低徊兮顾怀。⑤
羌声色兮娱人,观者憺兮忘归。⑥
緪瑟兮交鼓,箫钟兮瑶簴。⑦

【注释】①东君:即日神。②暾:初升的太阳。吾:谓日。槛:栏杆。③明:《楚辞集注》:"明,叶音芒。"④辀:车辕,此指代车。蛇:古音大略一作ŋei(也有标作ŋgei的)。略同现今粤语中"蚂蚁"之"蚁"的读音。是故这里"雷""蛇""怀""归"四字古音协韵。⑤低徊:留恋不舍的样子。怀:《楚辞集注》:"怀,叶胡威反。"⑥憺:安。⑦緪:粗绳索,此处作绷紧(瑟弦)解。交鼓:对击鼓。箫钟:敲钟。箫,当作"撨",敲打。瑶:即摇。簴:悬挂钟的木架。一说箫钟为与箫声相应之钟,瑶为美玉。

九歌 东君

九歌图之东君　南宋·无款

楚辞

鸣篪兮吹竽，思灵保兮贤姱。①
翾飞兮翠曾，展诗兮会舞。②
应律兮合节，灵之来兮蔽日。③
青云衣兮白霓裳，举长矢兮射天狼。④
操余弧兮反沦降，援北斗兮酌桂浆。⑤
撰余辔兮高驰翔，杳冥冥兮以东行。⑥

【注释】①灵保：神巫。姱：美好。本音kuā，美，好，古音一作hù，又作kǔ，与"鼓""篪""竽""姱""舞"协韵。②翾飞：鸟滑翔轻飞状。曾：举起翅膀。展诗：犹陈诗。展开诗篇演唱。会舞：合舞。节：《楚辞集注》："节，叶音即"。③灵：指日神。④天狼：星名，比喻贪残。⑤弧：弧矢，星名，状似弓，又名为天弓，这里代指木弓。沦：没。降：下也。此音hāng，协韵。援：拿起。北斗：即北斗七星，大熊星座的一部分恒星，七颗亮星在北天排列成斗（或勺）形。斗，古代一种酒器。⑥撰：抓住。行：古音一作háng，与"裳""狼""降""浆""翔"协韵。

九歌图之东君　元·张渥

与经典同行　与圣人为伍

河伯①

屈原

与女[汝]游兮九河，冲风起兮横波。②
乘水车兮荷盖，驾两龙兮骖螭。③
登昆仑兮四望，心飞扬兮浩荡。
日将暮兮怅忘归，惟极浦兮寤怀。④
鱼鳞屋兮龙堂，紫贝阙兮朱宫。⑤
灵何为兮水中？乘白鼋兮逐文鱼，⑥
与女[汝]游兮河之渚，流澌纷兮将来下。⑦
子交手兮东行，送美人兮南浦。⑧
波滔滔兮来迎，鱼邻邻兮媵予。⑨

【注释】①河伯：传说中黄河之神。②冲风：隧风。即疾风，暴风。横波：大波浪。③骖：古时四马并驾，中间二马叫服，旁二马叫骖。螭：传说中没有角的龙。《楚辞集注》："螭，丑知反。一音离，叶丑歌反。"此处作chuō，与"河""波"协韵。今音chī。④惟：思。寤：醒悟。怀：一说古音作huí，与"归"协韵。⑤堂：《楚辞集注》："堂，叶音同。"⑥灵：指河伯。鼋：大鳖。文鱼：有花纹的鱼。⑦澌：解冻时流动的水。下：古音一作hù，与"鱼""诸""浦""予"协韵。⑧子：谓河伯。美人：屈原自谓。⑨邻邻：一个挨一个的样子。媵：古代陪嫁的女子叫媵，这里是送的意思。

九歌 河伯

九歌图之河伯　南宋·无款

读经诵典　受益匪浅

山鬼①

屈原

若有人兮山之阿，被薜荔兮带女萝。②
既含睇兮又宜笑，子慕予兮善窈窕。③
乘赤豹兮从文狸，辛夷车兮结桂旗。④
被石兰兮带杜衡，折芳馨兮遗所思。⑤
余处幽篁兮终不见天，⑥
路险难兮独后来。⑦
表独立兮山之上，云容容兮而在下。⑧

【注释】①山鬼：山中的女神，因非正神，故名鬼。②阿：山中转弯的地方。带女萝：以女萝为带。女萝，一种蔓生植物。③含睇：含情流盼。睇，倾视。宜笑：笑容美丽且自然。子：指山鬼。予：屈原。窈窕：娇媚美丽状。④赤豹、文狸：皆奇兽。辛夷：香草。⑤石兰、杜衡：皆香草。遗：赠。所思：谓清洁之士。一说指君。⑥幽篁：幽深的竹林。⑦来：《楚辞集注》："来，叶音釐。"古音一作lí，与上面的"狸""旗""思"协韵。⑧表：突出，醒目。容容：同"溶溶"，形容云彩游动的样子。下：古音一作hù，与下面的"雨""予"协韵。

九歌图之山鬼　南宋·无款

与经典同行　与圣人为伍

杳冥冥兮羌昼晦，东风飘兮神灵雨。①
留灵修兮憺忘归，岁既晏兮孰华予？②
采三秀兮於山间，石磊磊兮葛蔓蔓。③
怨公子兮怅忘归，君思我兮不得闲。
山中人兮芳杜若，饮石泉兮荫松柏。④
君思我兮然疑作。⑤
雷填填兮雨冥冥，猨啾啾兮狖夜鸣。⑥
风飒飒兮木萧萧，思公子兮徒离忧。⑦

【注释】 ①羌：语助词。昼晦：白日昏暗。②灵修：谓怀王。晏：晚。孰华予：谁能让我变得年轻。③三秀：灵芝草，一年三次开花，故得名。於：通"巫"，"於山"即"巫山"。磊磊：乱石堆积状。蔓蔓：藤蔓长且相互缠绕状。④山中人：屈原自称。柏：《楚辞集注》："柏，叶音博。"⑤然疑：半信半疑。然，不疑。作：兴，起。⑥填填：雷声。狖：长尾猿。⑦离：借作罹，遭受。

九歌 山鬼

九歌图之山鬼　元·张渥

国殇①

屈原

操吴戈兮披犀甲,车错毂兮短兵接。②
旌蔽日兮敌若云,矢交坠兮士争先。③
凌余阵兮躐余行,左骖殪兮右刃伤。④
霾两轮兮絷四马,援玉枹兮击鸣鼓。⑤
天时怼兮威灵怒,严杀尽兮弃原野。⑥
出不入兮往不反,平原忽兮路超远。⑦
带长剑兮挟秦弓,首身离兮心不惩。⑧
诚既勇兮又以武,终刚强兮不可凌。
身既死兮神以灵,魂魄毅兮为鬼雄。⑨

【注释】①国殇:指为国捐躯的将士。人未成年而死谓殇。②错:交。毂:车轮。短兵:刀剑。接:《楚辞集注》:"接,叶音匝。"③先:《楚辞集注》:"先,叶音询。"④凌:侵犯。躐:践踏。行:行列,队伍。殪:死。⑤霾:通"埋"。絷:绊住。马:《楚辞集注》:"马,叶满补反。"援:引,拿着。玉枹、鸣鼓:均为宫中乐器。⑥怼:怨怒。一作"坠"。威灵:神灵。严杀尽:士兵伤亡殆尽。野:古音一作shù,与"鼓"协韵。⑦超远:遥远。⑧弓:《楚辞集注》:"弓,叶音经。"惩:惩治。一说古音作cóng,而下面的"凌"古音作lóng,协韵。⑨神以灵:精神强壮。末句一作"子魂魄兮为鬼雄"。雄:《楚辞集注》:"雄,叶音形。"[按]以ing协韵,与"弓""惩""凌""灵""雄"协韵。

九歌图之国殇 元·张渥

九歌图之国殇 南宋·无款

与经典同行　与圣人为伍

礼 魂[①]

屈原

成礼兮会鼓,传芭兮代舞。[②]
姱女倡兮容与。[③]
春兰兮秋菊,长无绝兮终古。[④]

【注释】①礼魂:祭礼完成後送神。魂:神。②成礼:指祭礼完成。芭:香草名。代舞:轮番跳舞。③姱:好貌。倡:同"唱"。容与:从容不迫的样子。④古:始。

九歌图之礼魂　明·杜堇

山鬼图 清·罗 聘

〔山鬼〕旧注皆认为是山中之鬼怪，後人则认为是巫山神女，今人多认为是女性山神。此图中的山鬼不同于张渥《九歌》中的半裸野女形象，而是一位仪态万千的秀美女子，若不是身上绘有薜荔，身後随有猛虎，几乎被认为是一位大家闺秀。

天问①

屈原

【注释】①天问：即问天，向天问难意。天尊不可问，故曰天问。

太平气象占天府，珠璧文昌冠上宫　清·任　熊

读经诵典　受益匪浅

曰：遂古之初，谁传道之？①
上下未形，何由考之？
冥昭瞢闇，谁能极之？②
冯翼惟像，何以识之？③
明明闇闇，惟时何为？
阴阳三合，何本何化？④
圆则九重，孰营度之？⑤

【注释】①遂古：远古。传道：传说。②冥：代夜。昭：代昼。冥昭即昼夜。瞢闇：昏暗不明。极：穷究。③冯翼：大气弥漫的样子。冯，满。惟像：未像之误，即无形。④化：《楚辞集注》："化，叶虎为反。"⑤营：经营。

日月三合九重八柱十二分图　明·萧云从

女岐九子图　明·萧云从

楚辞

与经典同行　与圣人为伍

惟兹何功？孰初作之？①
斡维焉系？天极焉加？②
八柱何当？东南何亏？③
九天之际，安放安属？④
隅隈多有，谁知其数？⑤
天何所沓？十二焉分？⑥
日月安属？列星安陈？
出自汤谷，次于蒙汜。⑦

【注释】①兹：此。功：同工。②斡：转轴，枢纽。一说音guǎn。维：系物的大绳。加：犹架。③八柱：传说中撑天的八根柱子。当：承担。亏：《楚辞集注》："叶苦家反。"④九天：谓天之中央与八方。际：边。放：至。属：连接。⑤隅：角落。隈：弯曲的地方。⑥沓：合。⑦汤谷：即旸谷。次：止息。蒙：水名。汜：水涯。

天问

二十八宿神形图·佚　名

自明及晦，所行几里？
夜光何德，死则又育？①
厥利维何，而顾菟在腹？②
女歧无合，夫焉取九子？③
伯强何处，惠气安在？④
何阖而晦？何开而明？⑤

【注释】①夜光：月亮的别称。育：生。②厥：其，此指月亮。菟：同"兔"。③女歧：也作女岐。传说中的女子，无夫而生九子。合：交合。④伯强：风神。一说为疫鬼。在：《楚辞集注》："在，叶音紫。"⑤明：古音作máng。与下面的"藏""尚""行（古音一作háng）"协韵。

伯强图　明·萧云从

角宿耀灵图　明·萧云从

与经典同行　与圣人为伍

角宿未旦，曜灵安藏？①
不任汩鸿，师何以尚之？②
佥曰"何忧"，何不课而行之？③
鸱龟曳衔，鲧何听焉？④
顺欲成功，帝何刑焉？⑤
永遏在羽山，夫何三年不施？⑥

【注释】①**角宿**：星宿名。**曜灵**：太阳。②**不任**：不能胜任。**汩鸿**：治理洪水。鸿，借作"洪"。**师**：众人。**尚**：崇尚，推举。③**佥**：全，都。**课**：考，试。④**曳衔**：牵引连接。⑤**顺欲**：顺从众人的意愿。**帝**：谓尧。⑥**遏**：绝。**施**：通"弛"，解除。《楚辞集注》："施，叶所加反。"

鸱龟曳衔，永遏羽山图　明·萧云从

天问

伯禹愎鲧，夫何以变化？①
纂就前绪，遂成考功。②
何续初继业，而厥谋不同？③
洪泉极深，何以窴之？④
地方九则，何以坟之？⑤
河海应龙，何尽何历？⑥

【注释】①愎：背戾。一作"腹"。②纂：继承。绪：事业。考：父死称考。③谋：此指治水之方。④窴：同"填"。⑤九则：九等。坟：区分。《楚辞集注》："坟，叶敷连反。"⑥应龙：有翼的龙。历：过。此二句后改作"应龙何画？河海何历？"

应龙画河海图　明·萧云从

与经典同行　与圣人为伍

鲧何所营？禹何所成？
康回冯怒，地何故以东南倾？①
九州安错？川谷何洿？②
东流不溢，孰知其故？
东西南北，其修孰多？③
南北顺椭，其衍几何？④
昆仑县圃，其尻安在？⑤
增城九重，其高几里？

【注释】①康回：共工名。冯怒：大怒。冯，大，盛。②错：通"厝"，放置。古音一作cù，与"洿""故"协韵。洿：低洼的地方。③修：长。④椭：椭圆，古人认为地为椭长形。衍：广大。⑤尻：一作"居"。一说为"凥"的误字，尾部（指臀部），作根基讲。

天问

康回冯怒东南倾，增城九重西北辟。明·萧云从

何泛滥之浮云兮，猋壅蔽此明月。清·门应兆

读经诵典　受益匪浅

四方之门，其谁从焉？
西北辟启，何气通焉？①
日安不到？烛龙何照？②
羲和之未扬，若华何光？③
何所冬暖？何所夏寒？
焉有石林？何兽能言？
焉有龙虬，负熊以游？

【注释】①辟：开。②烛龙：传说中人面蛇身的神。睁眼为白昼，闭眼为黑夜。③羲和：为太阳驾车的神。扬：扬鞭起程。若华：若木的花。

烛龙华光图　明·萧云从

石林兽言图　明·萧云从

与经典同行　与圣人为伍

雄虺九首，倏忽焉在？①
何所不死？长人何守？②
靡蓱九衢，枲华安居？③
灵蛇吞象，厥大何如？④
黑水玄趾，三危安在？⑤
延年不死，寿何所止？

【注释】①虺：神话中的独角龙。一说蛇别名。在：《楚辞集注》："在，叶音紫。此以'首'叶'守'，以'在'叶'死'。"②长人：传说指防风氏，其人长三丈。③靡：蔓。蓱：通"萍"，草名。衢：路，此处喻枝杈。枲：麻。华：即花。④灵蛇：亦作一蛇。⑤黑水：神话中水名。玄趾、三危：神话中山名。趾，一作"沚"。

天问

虬龙负熊图　明·萧云从

长人枲华图　明·萧云从

读经诵典　受益匪浅

鲮鱼何所？鬿堆焉处？①

羿焉彃日？乌焉解羽？②

禹之力献功，降省下土四方。③

焉得彼涂山女，而通之于台桑？④

闵妃匹合，厥身是继。⑤

胡为嗜不同味，而快朝饱？⑥

【注释】①鲮鱼：传说中人面鱼身的怪鱼。鬿堆：奇兽。一说当作鬿雀，传说中一种会吃人的猛禽。堆系雀之误。②彃：射。乌：金乌，传说太阳中有三足神鸟。③省：视察。④涂山：古国名。传禹治水途中娶涂山女为妻。⑤闵：忧。妃：配偶。匹合：婚配。⑥快：满足。朝饱：疑为朝饥之误。朝饥，隐喻男女交合。饱：《楚辞集注》："饱，与'继'叶，疑有'备'音。"备，古音一作bì。现今粤语即音bì，保留了古音。

黑水延年，鲮鱼鬿堆。　明·萧云从

彃乌解羽图　明·萧云从

与经典同行　与圣人为伍

启代益作后，卒然离蠥。①
何启惟忧，而能拘是达？②
皆归射鞠，而无害厥躬。③
何后益作革，而禹播降？④
启棘宾商，《九辩》《九歌》。⑤
何勤子屠母，而死分竟地？⑥
帝降夷羿，革孽夏民。

【注释】①启：禹之子。益：禹之臣。后：国君。卒然：终于。离：借作"罹"，遭遇。蠥：忧。②惟：思。一说惟读如罹。惟忧犹罹忧，遭难。达：变通。一说指逃脱。《楚辞集注》："达，他折反。"③射鞠：即穷恶。射，行。鞠，穷。一说当作"鞠躬"，意为敬谨。④作革：更替，变革。播降：播下种子。此指王位传于子孙。降，古音一作hóng，与上面的"躬"协韵。一说为繁荣昌隆。闻一多《天问疏证》："播读为蕃(fán)，降读为隆(lóng)。"⑤棘：陈。一说通"急"。宾：列。⑥勤：厚待。屠母：传禹之妻涂山氏生启时化为石，禹呼："归我子！"石破而得启。死：通"尸"。革：更。孽：忧。

天问

献功得女，毨饱离蠥，作革播降，九辩九歌。　明·萧云从

益奏鲜食图　清·《钦定书经图说》

59

读经诵典　受益匪浅

hú shè fū hé bó ér qì bǐ luò pín
胡射夫河伯，而妻彼雒嫔？①

píng yáo lì jué fēng xī shì shuò
冯珧利决，封狶是射。②

hé xiàn zhēng ròu zhī gāo ér hòu dì bú ruò
何献蒸肉之膏，而后帝不若？③

zhuó qǔ chún hú xuàn qī yuán méi
浞娶纯狐，眩妻爰谋。④

hé yì zhī shè gé ér jiāo tūn kuí zhī
何羿之射革，而交吞揆之？⑤

zǔ qióng xī zhēng yán hé huó yān
阻穷西征，岩何越焉？⑥

huà wéi huáng xióng wū hé huó yān
化为黄熊，巫何活焉？⑦

【注释】①胡：何。雒嫔：水神，谓宓妃。②冯：同"凭"。珧：蚌壳，此指饰有贝壳的弓。决：通"抉"，弓上的扳机。封狶：大野猪。狶，一作"豨"。射：《楚辞集注》："叶时若反。"③蒸：祭。膏：脂。若：顺。④浞：羿相。眩：惑。爰：于。⑤射革：射穿皮革，喻力大。交吞：联合吞灭。交，合力。揆：估量，引申为暗算。⑥阻：险。越：度。古音一作huó，与下面的"活"协韵。⑦活：使……活。

羿射河伯，妻彼雒嫔。　明·萧云从

岩越黄熊，鲧疾修盈。　明·萧云从

与经典同行　与圣人为伍

咸播秬黍，莆雚是营。①
何由并投，而鲧疾修盈？②
白蜺婴茀，胡为此堂？③
安得夫良药，不能固臧？④
天式从横，阳离爰死。⑤
大鸟何鸣，夫焉丧厥体？⑥
蓱号起雨，何以兴之？⑥
撰体胁鹿，何以膺之？⑦

【注释】①秬：黑黍子。莆：即蒲草。雚：通"萑"，芦苇。营：耕。②由：用。并：一并。疾：罪恶。修盈：极言其多。修，长。盈，满。③白蜺：亦作白霓。白色的副虹。霓，雌虹。茀：应为"霜"字。云貌。白云逶迤若蛇。一说婴茀指女子的首饰。④臧：善。⑤式：规则，法则。从：同"纵"。阳：阳气。⑥蓱：神话中雨师名。⑦撰：具。胁：身躯两侧自腋下至腰身的部分。鹿：指风神。风神飞廉传说为鹿身。膺：承。此句一作"撰体协胁，鹿何膺之"。

天问

白霓婴茀，天式从横。明·萧云从

蓱号胁鹿，鳌戴陵行。明·萧云从

鳌戴山抃，何以安之？①
释舟陵行，何以迁之？②
惟浇在户，何求于嫂？③
何少康逐犬，而颠陨厥首？④
女歧缝裳，而馆同爰止。⑤
何颠易厥首，而亲以逢殆？⑥
汤谋易旅，何以厚之？⑦
覆舟斟寻，何道取之？⑧

【注释】①鳌：大龟。戴：一作"载"。抃：鼓掌、拍手表示欢欣。此指龟四肢划动状。②释：放弃。陵行：指在陆地上行走。迁：徙。③浇：寒浞的儿子。与嫂淫乱。嫂：《楚辞集注》："嫂，叶音叟"。④少康：传说是夏君相之子。浇杀相，後少康又杀浇。颠陨：掉落，此指砍掉。⑤女歧：即浇之嫂。馆同：同宿。⑥颠易厥首：少康夜袭得女歧头，以为浇，因断之，故言易首。逢：遇。殆：危。《楚辞集注》："叶当以反。"⑦旅：众。此句言殷汤欲变易夏众，使之从己。⑧斟寻：古国名。取：《楚辞集注》："叶此苟反。"

少康逐犬图 明·萧云从

汤谋易旅图 明·萧云从

桀伐蒙山，何所得焉？①
妺嬉何肆，汤何殛焉？②
舜闵在家，父何以鳏？③
尧不姚告，二女何亲？④
厥萌在初，何所亿焉？⑤
璜台十成，谁所极焉？⑥
登立为帝，孰道尚之？⑦

【注释】①蒙山：古国名。传桀攻蒙山后得美女妺嬉。②妺嬉：即妺喜。人名，有施氏之女。桀的爱妃。殛：杀死。③闵：忧虑。家：成家。鳏：男人无妻谓之鳏。古音一作jīn，与"亲"协韵。今音guān。④姚：舜姓，指舜之父。二女：指尧的两个女儿娥皇、女英。⑤亿：通"臆"，预料。⑥璜台：玉台。成：通"层"。⑦道：开导。尚：尊尚。

舜闵，尧女。　明·萧云从

女娲图　明·萧云从

女娲有体,孰制匠之?①
舜服厥弟,终然为害。②
何肆犬体,而厥身不危败?③
吴获迄古,南岳是止。④
孰期去斯,得两男子?⑤
缘鹄饰玉,后帝是飨。⑥
何承谋夏桀,终以灭丧?⑦

【注释】①制匠:犹制造。②服:服从,顺服。③肆犬体:言象无道,肆其犬豕之心,烧廪填井,欲以杀舜,终然不能危败舜身。④获:得到。迄:至。古:谓古公亶父。⑤两男子:指太伯、仲雍。⑥缘:凭借,借助。此句言伊尹凭借烹鹄鸟之羹,修玉鼎以事于汤。汤贤之,遂以为相。后帝:殷汤。⑦承谋:接受伊尹攻伐夏桀的谋略。

舜害不危图　明·萧云从

南岳两男子图　明·萧云从

与经典同行　与圣人为伍

帝乃降观，下逢伊挚。①
何条放致罚，而黎服大说？②
简狄在台，喾何宜？③
玄鸟致贻，女何喜？④
该秉季德，厥父是臧。⑤
胡终弊于有扈，牧夫牛羊？⑥
干协时舞，何以怀之？⑦

【注释】①帝：谓汤。挚：伊尹名。②条：鸣条，地名。放：放逐。致罚：致天之罚。黎：众。③简狄：有娀国美女。帝喾之妃。喾：传说中上古帝王名。宜：通"仪"，配偶。此作动词用，求偶。④玄鸟：燕。贻：遗。此句言简狄侍帝喾于台上，有飞燕坠遗其卵，喜而吞之，因生契。⑤该：苞。一说即亥，殷人的祖先。秉：持。季：末。一说即亥之父亲。父：谓契。臧：善，好。⑥弊：通"毙"，死。有扈：浇国名。⑦干：求。一说为盾牌。协：和。舞：务。怀：来。《楚辞集注》："叶胡威反。"

缘鹄飨帝，降观罚黎。明·萧云从

玄鸟贻喜图　明·萧云从

天问

平胁曼肤，何以肥之？①
有扈牧竖，云何而逢？②
击床先出，其命何从？③
恒秉季德，焉得夫朴牛？④
何往营班禄，不但还来？⑤
昏微遵迹，有狄不宁。⑥

【注释】①平胁：胸部丰满。曼肤：肤色润泽。曼，细润，柔美。肥：肥硕壮美。②有扈：有扈氏。牧竖：牧童。③击床：指在床上刺杀。④恒：常。一说指王亥之弟。季：末。朴牛：大牛。⑤营：得。班禄：以所获禽兽，遍施禄惠于百姓。班，遍。牛："牛"与"来"，按《山带阁注楚辞》协韵。《楚辞集注》："牛，叶鱼奇反；来，叶力之反。"⑥遵：循。迹：道。

干协时舞图　明·萧云从

秉德得牛，往营班禄。　明·萧云从

何繁鸟萃棘,负子肆情?①
眩弟并淫,危害厥兄。②
何变化以作诈,而後嗣逢长?③
成汤东巡,有莘爰极。④
何乞彼小臣,而吉妃是得?⑤
水滨之木,得彼小子。⑥
夫何恶之,媵有莘之妇?⑦

【注释】①繁鸟:即枭,俗称夜猫子。肆情:放纵情欲。解居父聘吴,过陈之墓门,见妇人负其子,欲与之淫泆,肆其情欲。妇人则引《诗》刺之。曰:墓门有棘,有鸮萃止。②眩弟:昏乱的弟弟。指舜弟象。兄:《楚辞集注》:"叶虚良反。"③逢长:兴盛长久。④有莘:古国名。极:至。⑤小臣:谓伊尹。⑥小子:谓伊尹。⑦媵:陪嫁之人。这里作动词用,送。按《山带阁注楚辞》,"子"与"妇"协韵。《楚辞集注》:"妇,叶芳尾反。"但现今汉语(准确说是普通话)已不协韵。

繁鸟萃棘图 明·萧云从

眩弟图 明·萧云从

楚辞

汤出重泉，夫何罪尤？①
不胜心伐帝，夫谁使挑之？②
会鼌争盟，何践吾期？③
苍鸟群飞，孰使萃之？④
列击纣躬，叔旦不嘉。⑤
何亲揆發足，周之命以咨嗟？⑥
授殷天下，其位安施？
反成乃亡，其罪伊何？

【注释】①**重泉**：地名，传桀囚汤之地。**尤**：叶于其反。②**胜**：忍得住，禁得起。古读shēng。**帝**：谓桀。③**鼌**：即朝，早晨。**践**：履行，实现。④**苍鸟**：鹰。**萃**：集。⑤**列**：同"裂"。一作"到"。**躬**：身体。**叔旦**：即周公，武王之弟。**嘉**：嘉许，赞成。按《山带阁注楚辞》，"嗟""嗟""施""何"四字协韵。前三字《楚辞集注》给出了叶韵读法。"何"字，未标明如何协韵，但如今有的方言还是今ha音，保留了古音。⑥**亲揆發足**：言周公于孟津揆度天命，發足还师而归。揆，揣测，估量。一说"發"为周武王之名，"足"字应下属。足，有的版本作"定"，亦应下属。

有莘吉妃，水滨小子。 明·萧云从

会鼌争盟，苍鸟群飞。 明·萧云从

与经典同行　与圣人为伍

天问

争遣伐器，何以行之？①
并驱击翼，何以将之？
昭后成游，南土爰底。②
厥利惟何，逢彼白雉？③
穆王巧梅，夫何为周流？④
环理天下，夫何索求？⑤
妖夫曳衒，何号于市？⑥
周幽谁诛？焉得夫褒姒？⑦

【注释】①伐器：攻伐之器。行：古音一作háng，与下面的"将"协韵。②昭后：周昭王。成游：成南征之游。底：同"厎"（zhǐ）到，至。③逢：迎。④巧梅：巧于贪求。梅，理应作"挴"，"梅"当为传写讹误。一说巧梅为善于驾驭马车。梅，通"枚"，马鞭。⑤环：旋。⑥曳衒：谓夫妇二人牵引过市叫卖。⑦褒姒：周厉王时一宫女无夫而孕，生一女，被弃宫外，有人收留后将此女带到褒国，长大後就是褒姒。後成周幽王后。

昭王逢白雉图　明·萧云从

穆王环理图　明·萧云从

天命反侧，何罚何佑？①
齐桓九会，卒然身杀。②
彼王纣之躬，孰使乱惑？
何恶辅弼，谗谄是服？③
比干何逆，而抑沉之？④
雷开何顺，而赐封之？⑤
何圣人之一德，卒其异方？⑥
梅伯受醢，箕子详狂？⑦

【注释】 ①反侧：反复无常。佑：《楚辞集注》："叶于忌反。"②杀：通"弑"，被杀。③服：采用。按《楚辞韵读》："服，音bì。"上一句"惑"，叶胡逼反。这样与上下文协韵。④抑沉：压制埋没。⑤雷开：纣时奸臣。何：一作"阿"。阿须即阿谀媚顺。封：读音协韵。⑥圣人：谓文王。卒：终。异方：表现方式不同。⑦梅伯：纣臣，屡谏被杀。醢：肉酱。箕子：纣叔父，谏诤不听，披发装疯。详：通"佯"。

齐桓身杀图　明·萧云从

箕狂梅醢图　明·萧云从

与经典同行　与圣人为伍

稷维元子，帝何竺之？①
投之于冰上，鸟何燠之？②
何冯弓挟矢，殊能将之？③
既惊帝切激，何逢长之？④
伯昌号衰，秉鞭作牧。⑤
何令彻彼岐社，命有殷国？⑥
迁藏就岐，何能依？⑦
殷有惑妇，何所讥？⑧

【注释】①稷：后稷，周部落始祖。维：是。元子：长子。竺：通"笃"，厚。一说竺、笃在此皆解为毒义。②燠：暖热。③冯：大。挟：持。④帝：指纣。切激：激烈。⑤伯昌：即西伯侯姬昌，周文王。号：(纣的)号令。衰：殷朝衰败。秉鞭：执政。牧：地方官。江有诰《楚辞韵读》："牧，明逼反。"⑥彻：通"撤"，撤换。岐社：位于岐山的社庙。命：天命。有：占有，享有。《楚辞韵读》："国，占逼反。"⑦藏：宝藏，财产。⑧惑妇：指妲己。讥：谏。

天问

元子挟矢，伯昌捷鞭作牧，依，醢，上帝罚殷。　明·萧云从

迁殷莫居图　清·《钦定书经图说》

71

受赐兹醢,西伯上告。①
何亲就上帝罚,殷之命以不救?②
师望在肆,昌何识?③
鼓刀扬声,后何喜?④
武發杀殷,何所悒?⑤
载尸集战,何所急?⑥
伯林雉经,维其何故?⑦
何感天抑地,夫谁畏惧?

【注释】①兹:此。醢:文王之子被纣杀後做成肉饼。告:《楚辞集注》:"叶古后反。"②就:受到。③师望:指姜尚。师,太师。望,又名吕望,号太公望。肆:店铺。昌:文王名。④鼓刀扬声:此句指姜太公曾开肉铺,在肉铺里磨刀。后:谓文王。⑤武發:指周武王,名發。悒:抑郁,忧愤。⑥载尸:载着父亲(文王)的灵位。集:会。⑦伯林:即长君。谓晋太子申生为後母骊姬所潜,遂雉经而自杀。一说即柏林,传纣王自焚的鹿台在柏树林之中。雉经:吊死。

鼓刀图 明·萧云从

伯林雉经图 明·萧云从

与经典同行　与圣人为伍

huáng tiān jí mìng　wéi hé gài zhī
皇天集命，惟何戒之？①
shòu lǐ tiān xià　yòu shǐ zhì dài zhī
受礼天下，又使至代之？
chū tāng chén zhì　hòu zī chéng fǔ
初汤臣挚，後兹承辅。②
hé zú guān tāng　zūn shí zōng xù
何卒官汤，尊食宗绪？③
xūn hé mèng shēng　shào lí sàn wáng
勋阖梦生，少离散亡。④
hé zhuàng wǔ lì　néng liú jué yáng
何壮武厉，能流厥严？⑤
péng kēng zhēn zhì　dì hé xiǎng
彭铿斟雉，帝何飨？⑥

【注释】①集命：降传命令。戒：古音一作gài，现粤语即今此音。一说"戒"音jì，则下句"代"音dì（参见江有诰《楚辞韵读》）。②臣挚：以挚（即伊尹）为凡臣。兹：乃。承铺：承担辅相之职。③卒：终。官汤：犹言相汤。尊食：享祭祀。绪：业。④勋：功。阖：吴王阖庐。梦：阖庐的祖父寿梦。生：古时同"姓"字，指长孙。⑤严：《楚辞集注》："叶五良下反。"⑥彭铿：即彭祖，名铿。帝颛顼之玄孙，善养性，能调鼎，进雉羹于尧，尧封于彭城。历夏经殷至周，年七百六十七岁而不衰。斟：烹煮。帝：此指帝尧。

天问

集命承辅图　明·萧云从

勋阖壮武图　明·萧云从

读经诵典　受益匪浅

shòu shòu yǒng duō　fú hé jiǔ cháng
受寿永多，夫何久长？

zhōng yāng gòng mù　hòu hé nù
中央共牧，后何怒？①

fēng yǐ wēi mìng　lì hé gù
蠭蛾微命，力何固？②

jīng nǚ cǎi wēi　lù hé yì
惊女采薇，鹿何祐？③

běi zhì huí shuǐ　cuì hé xǐ
北至回水，萃何喜？④

xiōng yǒu shì quǎn　dì hé yù
兄有噬犬，弟何欲？⑤

yì zhī yǐ bǎi liàng　zú wú lù
易之以百两，卒无禄。⑥

bó mù léi diàn　guī hé yōu
● 薄暮雷电，归何忧？

楚辞

【注释】①牧：草名。有实。后：君。此句言中央之州，有歧首之蛇，争共食牧草之实，自相啄啮。以喻夷狄相与忿争，君上何故当怒之乎。牧，一作"枚"。②蠭：古"蜂"字。蛾：古"蚁"字，蚂蚁。③"惊女"二句：言昔者有女子采薇菜，有所惊而走，因获得鹿，其家遂昌炽，乃天祐之。祐：《楚辞集注》："祐，叶于忌反。"④萃：止。⑤兄：指秦景公。噬犬：猎犬。弟：指景公弟鍼。⑥两：通"辆"。指百辆马车。

彭铿斟雉，飨帝寿长。　明·萧云从

惊女图　明·萧云从

与经典同行　与圣人为伍

厥严不奉，帝何求？①
伏匿穴处，爰何云？②
荆勋作师，夫何长？③
悟过改更，我又何言？
吴光争国，久余是胜。④
何环穿自闾社丘陵，爰出子文？⑤
吾告堵敖以不长。⑥
何试上自予，忠名弥彰？⑦

【注释】①严：尊严。奉：保持。②爰：乃。"云"与"言"隔句协韵。③荆勋作师：指楚国大兴兵戈。荆，楚。勋，功。④吴光：指吴公子光，即吴王阖庐。久余是胜：多次战胜我国。"胜"与"长""彰"隔句协韵。⑤子文：楚令尹。䢵公女未婚时与表兄斗伯比交合于丘陵，生子文。弃之云梦泽中，有虎乳之，以为神异，乃取收养焉。长而有贤仁之才。⑥堵敖：又作杜敖，即熊囏，楚文王长子，在位仅五年即被其弟熊恽所弑。⑦试：尝试。上：君。

噬犬，百两。明·萧云从

环间穿社，爰出子文。明·萧云从

天问

琴高乘鲤图 明·李在

此图绘古代琴高乘鲤而去的神话。此图表现琴高辞别众弟子乘鲤而去的情景。

九章

_{jiǔ zhāng}

屈原 _{qū yuán}

秋山高士图　明·董其昌

惜诵①

屈 原

惜诵以致愍兮,發愤以抒情。②
所非忠而言之兮,指苍天以为正。③
令五帝以折中兮,戒六神与向服。④
俾山川以备御兮,命咎繇使听直。⑤
竭忠诚以事君兮,反离群而赘肬。⑥
忘儇媚以背众兮,待明君其知之。⑦
言与行其可迹兮,情与貌其不变。

【注释】①惜诵:惜其君而诵之。②愍:同"悯",忧愁。一说病。③非:一作"作",为也。正:通"证",证明。④折:断。中:当。洪兴祖补注:"言欲折断其物而用之,与度相中当。故言折中也。"一作"枑",同"析"。分。枑中谓判明是非。戒:请,令。向服:质对事情以判定其有无罪过。服,读音协韵。⑤俾:使,让。备御:陪侍,此有陪审意。咎繇:即皋陶。听直:裁断曲直。⑥赘肬:多馀的肉瘤,意为累赘。肬,《楚辞集注》:"叶於其反。"⑦儇媚:轻佻谄媚。

皋陶图 清·《钦定书经图说》

皋陶明刑图 清·《钦定书经图说》

与经典同行　与圣人为伍

故相臣莫若君兮，所以证之不远。①
吾谊先君而后身兮，羌众人之所仇。②
专惟君而无他兮，又众兆之所雠。③
壹心而不豫兮，羌不可保也。④
疾亲君而无他兮，有招祸之道也。⑤
◉ 思君其莫我忠兮，忽忘身之贱贫。
事君而不贰兮，迷不知宠之门。⑥
忠何罪以遇罚兮，亦非余心之所志。⑦

【注释】①相：视。②谊：同"义"。羌：發语辞。③众兆：许多人，指朝廷中的小人。雠：同"仇"。④豫：犹豫。保：知。言君心不可知。⑤疾：急迫，极力。一说恶。⑥门：《楚辞集注》："叶弥贫反。"⑦志：预计，预想。

九章 惜诵

禹拜昌言图　清·《钦定书经图说》

一日万机图　清·《钦定书经图说》

行不群以巅越兮，又众兆之所咍。①
fēn féng yóu yǐ lí bàng xī jiǎn bù kě shì
纷逢尤以离谤兮，謇不可释。②
情沉抑而不达兮，又蔽而莫之白。③
心郁邑余侘傺兮，又莫察余之中情。④
固烦言不可结诒兮，愿陈志而无路。⑤
退静默而莫余知兮，进号呼又莫吾闻。
申侘傺之烦惑兮，中闷瞀之忳忳。⑥
昔余梦登天兮，魂中道而无杭。⑦

【注释】①巅越：摔跤，跌落。咍：楚方言，讥讽嘲笑。古音作呼其反，与上一句"志"协韵。《楚辞韵读》："咍，音嘻。"②纷：乱貌，众貌。尤：过错。离：遭。謇：发语词。③白：表白。④侘傺：失意的样子。⑤结诒：诉说，用书信沟通之意。结，古人将话写在竹帛上，系绳打结，近似书信封口。诒，送，寄。⑥闷瞀：心中烦闷。忳忳：愁苦状。⑦杭：通"航"，指渡船。

吾使厉神占之兮图　清·门应兆

泣思直臣图　清·《养正图解》

与经典同行　与圣人为伍

吾使厉神占之兮，
曰："有志极而无旁。"①
终危独以离异兮，曰君可思而不可恃。②
故众口其铄金兮，初若是而逢殆。③
惩于羹者而吹齑兮，何不变此志也？④
欲释阶而登天兮，犹有曩之态也。⑤
众骇遽以离心兮，又何以为此伴也？⑥
同极而异路兮，又何以为此援也？⑦

【注释】①旁：帮助，辅佐。②恃：依靠。③铄：销。殆：危急，危险。《楚辞集注》："叶徒系反。"④者：一无此字。齑：切成细末的腌菜或酱菜。此句讲被热汤烫过嘴的人见了凉菜也吹气的意思。⑤阶：梯。曩：以前。态：替，协音。⑥伴：古音一作pàn。与下面的援（古音一作huán）协韵。郭沫若《屈原赋今译》："'伴'与'援'系连绵字析用。……有强项傲岸之意。"⑦同极：言众人共事一君。援：接援，救助。

九章　惜诵

羽山图　清·《方舆汇编山川典》

读经诵典　受益匪浅

晋申生之孝子兮，父信谗而不好。①
行婞直而不豫兮，鲧功用而不就。②
吾闻作忠以造怨兮，忽谓之过言。③
九折臂而成医兮，吾至今而知其信然。
矰弋机而在上兮，罻罗张而在下。④
设张辟以娱君兮，愿侧身而无所。⑤
欲儃佪以干傺兮，恐重患而离尤。⑥
欲高飞而远集兮，君罔谓女何之？⑦

【注释】①申生：晋献公之子。献公听信谗言逼死了他。好：爱。《楚辞集注》："叶呼斗反。"②婞直：刚愎。婞，刚强。豫：厌，满足。用而：因之，因而。③过言：言过其实。④矰、弋：均为系着绳子的箭。机：机括，此指发射。罻、罗：均为捕鸟的网。下：古音hù，与下面的"所"协韵。⑤张辟：捕鸟兽的工具。娱：使欢乐。⑥儃佪：徘徊。干傺：寻找时机进取。干，求。傺，停止。离：遭。尤：过。⑦罔：诬。

楚辞

试鲧治水　清·《钦定书经图说》

骊姬巧计杀申生

与经典同行　与圣人为伍

欲横奔而失路兮，坚志而不忍。
背膺牉以交痛兮，心郁结而纡轸。①
捣木兰以矫蕙兮，糳申椒以为粮。②
播江离与滋菊兮，愿春日以为糗芳。③
恐情质之不信兮，故重著以自明。④
矫兹媚以私处兮，愿曾思而远身。⑤

【注释】①膺：胸。牉：分，裂。纡轸：绞结疼痛。②捣：通"捣"。矫：揉碎。糳：舂米。申椒：香木名，即大椒。③播、滋：种植。糗：干粮。④情：志。质：性。信：通"伸"，伸张。著：显明。⑤矫：举。兹媚：这样一些美德。曾思：反复思考。远身：抽身远去。

九章 惜诵

乘舟弗济图　清·《钦定书经图说》

荡析离居图　清·《钦定书经图说》

读经诵典　受益匪浅

涉江

屈原

● 余幼好此奇服兮，年既老而不衰。①
带长铗之陆离兮，冠切云之崔嵬。②
被明月兮珮宝璐，世溷浊而莫余知兮。
吾方高驰而不顾，驾青虬兮骖白螭。
吾与重华游兮瑶之圃，
登昆仑兮食玉英。③

【注释】①奇服：异于常人的服饰。衰：古音一作cuī，与"嵬"协韵。②长铗：剑名。切云：冠名，古时一种高冠。③玉英：玉树的花。

驾青虬兮骖白螭。清·门应兆

与经典同行　与圣人为伍

与天地兮同寿,与日月兮齐光。
哀南夷之莫吾知兮,旦余济乎江湘。
乘鄂渚而反顾兮,欸秋冬之绪风。④
步余马兮山皋,邸余车兮方林。②
乘舲船余上沅兮,齐吴榜以击汰。③
船容与而不进兮,淹回水而凝滞。
朝发枉陼兮,夕宿辰阳。④
苟余心其端直兮,虽僻远之何伤!

【注释】①乘:登上。鄂渚:江中洲渚名,今武汉附近长江之中。欸:叹。绪风:馀风。风,古音叶孚金反,与下一句"林"协韵。②邸:舍。方林:地名。③舲船:有窗户的船。吴榜:大桨。汰:水波。④枉陼:地名,今湖南常德市南。辰阳:地名,在今湖南辰溪县。

九章　涉江

隐居十六观图之味象　明·陈洪绶

○入溆浦余儃佪兮，迷不知吾所如。①

深林杳以冥冥兮，乃猿狖之所居。

山峻高以蔽日兮，下幽晦以多雨。

霰雪纷其无垠兮，云霏霏而承宇。②

哀吾生之无乐兮，幽独处乎山中。

吾不能变心而从俗兮，

固将愁苦而终穷。

○接舆髡首兮，桑扈嬴行。③

【注释】①溆浦：地名，在今湖南溆浦县。如：往。②承宇：指云霞承天接地。③接舆：楚国隐士。髡：古代剃去男子头发的一种刑罚。首：头。桑扈：古代隐士。嬴：同"裸"。

临溪水阁图　明·仇 英

与经典同行　与圣人为伍

忠不必用兮，贤不必以。①
伍子逢殃兮，比干菹醢。②
与前世而皆然兮，吾又何怨乎今之人！
余将董道而不豫兮，固将重昏而终身。③
乱曰：鸾鸟凤皇，日以远兮。
燕雀乌鹊，巢堂坛兮。④
露申辛夷，死林薄兮。⑤
腥臊并御，芳不得薄兮。⑥
阴阳易位，时不当兮。⑦
怀信侘傺，忽乎吾将行兮。⑧

【注释】①以：用。②伍子：指伍子胥，被吴王夫差逼得自杀。《楚辞集注》："醢，叶呼彼反。"③董道：正道。豫：犹豫。重昏：朱熹解之为"重復暗昧，终不復见光明也"。昏，乱。④坛：庭院。⑤露申、辛夷：均为香草名。林薄：草木丛生之地。⑥御：用。薄：附。⑦阴：臣。阳：君。⑧行：古音一作háng，与"当"协韵。

九章·涉江

杀子胥夫差争歃·《东周列国志》

斮胫剖心图　清·《钦定书经图说》

哀郢①

屈 原

皇天之不纯命兮,何百姓之震愆?②
民离散而相失兮,方仲春而东迁。
去故乡而就远兮,遵江夏以流亡。③
出国门而轸怀兮,甲之鼂吾以行。④
发郢都而去闾兮,怊荒忽其焉极?⑤
楫齐扬以容与兮,哀见君而不再得。

【注释】①哀郢:一解悼念郢都被秦所陷,另解作者哀伤地离开郢都,似後说更准确。②不纯命:天命失常。愆:错乱。③遵:循着。江:长江。夏:夏水,长江的支流。④轸:痛。怀:思。甲之鼂:甲日的早晨。鼂,通"朝"。行:古音一作háng,与"亡"协韵。⑤怊:悲伤。此字原无,後据《楚辞补注》引一本补。

楚昭王弃郢西奔·《东周列国志》

伍子胥掘墓鞭尸·《东周列国志》

与经典同行　与圣人为伍

望长楸而太息兮，涕淫淫其若霰。①
过夏首而西浮兮，顾龙门而不见。②
心婵媛而伤怀兮，眇不知其所蹠。③
顺风波以从流兮，焉洋洋而为客。④
凌阳侯之泛滥兮，忽翱翔之焉薄？⑤
心絓结而不解兮，思蹇产而不释。⑥
将运舟而下浮兮，上洞庭而下江。
去终古之所居兮，今逍遥而来东。

【注释】①楸：木名。淫淫：过甚谓之淫，此指涕泪交流状。②夏首：夏水注入长江处。浮：船独流为浮。龙门：楚东门。③婵媛：牵持不舍貌。眇：远。蹠：脚踏。④洋洋：水流貌。此句说自己到处飘荡。⑤凌：乘。阳侯：大波涛。薄：靠近，引申为停止。⑥絓结：心情郁结。絓，阻碍，绊住。蹇产：弯曲纠折。

九章 哀郢

过夏首而西浮兮，顾龙门而不见。　清·门应兆

屈原像

羌灵魂之欲归兮,何须臾而忘反!
背夏浦而西思兮,哀故都之日远。
登大坟以远望兮,聊以舒吾忧心。①
哀州土之平乐兮,悲江介之遗风。②
当陵阳之焉至兮,淼南渡之焉如?③
曾不知夏之为丘兮,孰两东门之可芜?④
◉ 心不怡之长久兮,忧与愁其相接。⑤
惟郢路之辽远兮,江与夏之不可涉。
忽若去不信兮,至今九年而不復。⑥
惨郁郁而不通兮,蹇侘傺而含慼。⑦

【注释】①坟:水边高地。②江介:江边。介,界。风:古音叶乎金反,与"心"协韵。③陵阳:地名,在今安徽境内。淼:大水茫无边际貌。④夏:通"厦",高大的屋宇。丘:墟。两东门:指郢都的新、旧两东门。芜:田地荒废,长满野草。⑤怡:乐貌。⑥去:此字据《楚辞补注》引一本补。信:信任,任用。⑦慼:忧郁悲伤。

潇湘烟雨图 清·袁耀

外承欢之汋约兮,谌荏弱而难持。①
忠湛湛而愿进兮,妒被离而鄣之。②
尧舜之抗行兮,瞭杳杳而薄天。③
众谗人之嫉妒兮,被以不慈之伪名。
憎愠惀之修美兮,好夫人之忼慨。④
众踥蹀而日进兮,美超远而逾迈。⑤

乱曰:曼余目以流观兮,冀壹反之何时?⑥
鸟飞反故乡兮,狐死必首丘。⑦
信非吾罪而弃逐兮,何日夜而忘之?

【注释】①承欢:邀取欢心。汋约:同"绰约",姿态柔美的样子。谌:诚实。荏弱:柔弱,软弱。②湛湛:忠厚诚实的样子。鄣:通"障",阻隔。③抗行:高尚的行为。抗,借作"亢",高亢。行,古读xìng。瞭:目明。杳杳:远貌。④愠惀:诚实而出言迟钝的样子。忼慨:同"慷慨",意气风发,或心情激动。⑤踥蹀:碎步快走状。逾迈:越来越远。⑥曼:伸展。⑦首丘:头向山丘。传狐死时必将头对向出生的山丘,喻不忘本。丘,《楚辞集注》:"丘,叶音欺。"

九歌图之大司命 南宋·无款

九章 哀郢

抽思[①]

屈原

心郁郁之忧思兮,独永叹乎增伤。
思蹇产之不释兮,曼遭夜之方长。[②]
悲秋风之动容兮,何回极之浮浮![③]
数惟荪之多怒兮,伤余心之忧忧。[④]
愿摇起而横奔兮,览民尤以自镇。[⑤]
结微情以陈辞兮,矫以遗夫美人。[⑥]

【注释】①抽思:抒写愁思。②曼:漫长。③回:邪。极:中。浮浮:行貌。一说回极当四极之误,四极浮浮应指天体运转。浮,古音一作fóu。④数:计。惟:思。荪:香草名,此指楚怀王。⑤摇起:疾起。尤:苦难。镇:止。⑥美人:喻楚怀王。

月上柳梢头 清·钱吉生

与经典同行　与圣人为伍

昔君与我成言兮，曰"黄昏以为期"。
羌中道而回畔兮，反既有此他志。①
憍吾以其美好兮，览余以其修姱。②
与余言而不信兮，盖为余而造怒。③
愿承闲而自察兮，心震悼而不敢。④
悲夷犹而冀进兮，心怛伤之憺憺。⑤
兹历情以陈辞兮，荪详聋而不闻。⑥
固切人之不媚兮，众果以我为患。⑦
初吾所陈之耿著兮，岂至今其庸亡？⑧

【注释】①回畔：反悔。②憍：通"骄"。姱：好。今音kuā，古音一作hù，与下面的"怒"协韵。③盖：通"盍"，何。④承闲：一作"承间（jiàn）"。⑤夷犹：犹豫。怛：悲伤，悲痛。憺憺：安静。⑥详：通"佯"，假装。⑦切人：正直恳切的人。⑧耿著：明白。庸：乃。亡：通"忘"。

九章　抽思

九歌图之东君　南宋·无款

何独乐斯之謇謇兮？愿荪美之可完。①

望三五以为像兮，指彭咸以为仪。②

夫何极而不至兮，故远闻而难亏。③

善不由外来兮，名不可以虚作。

孰无施而有报兮，孰不实而有获？

○ 少歌曰：与美人抽怨兮，

并日夜而无正。

憍吾以其美好兮，敖朕辞而不听。④

○ 倡曰：有鸟自南兮，来集汉北。⑤

【注释】①謇謇：直言不讳貌。完：叶胡光反。疑为"光"之误，光大。②三五：指三王五伯。三王即禹、汤、周文王，五伯即齐桓公、晋文公、秦穆公、宋襄公、楚庄王。像：榜样。仪：法则。《楚辞集注》："仪，音俄。"③闻：名声。古音wèn。④敖：通"傲"。⑤倡：同"唱"。

九歌图之湘夫人　南宋·无款

好姱佳丽兮，牉独处此异域。①
既惸独而不群兮，又无良媒在其侧。②
道卓远而日忘兮，愿自申而不得。③
望北山而流涕兮，临流水而太息。
望孟夏之短夜兮，何晦明之若岁！
惟郢路之辽远兮，魂一夕而九逝。
曾不知路之曲直兮，南指月与列星。
愿径逝而不得兮，魂识路之营营。④
何灵魂之信直兮，人之心不与吾心同！

【注释】 ①牉：分离。②惸：同"茕"，孤单、孤独。③申：申诉。④径逝：径直而去。营营：往来不息。

望南山而流涕兮，临流水而太息。清·门应兆

九歌图之湘君 南宋·无款

读经诵典　受益匪浅

理弱而媒不通兮，尚不知余之从容。①

乱曰：长濑湍流，沂江潭兮。②

狂顾南行，聊以娱心兮。

轸石崴嵬，蹇吾愿兮。③

超回志度，行隐进兮。④

低徊夷犹，宿北姑兮。⑤

烦冤瞀容，实沛徂兮。⑥

愁叹苦神，灵遥思兮。⑦

路远处幽，又无行媒兮。⑧

道思作颂，聊以自救兮。

忧心不遂，斯言谁告兮！

【注释】①从容：举动。②濑：浅滩上的流水。湍：急流。沂：同"溯"。潭：古音一作xín，与下面的"心"协韵。今音tán。③轸石：方石。轸，方。崴嵬：高貌。④志度：心怀疑虑，徘徊不前貌。进：郭沫若认为当为"难"之误。疑当是。⑤夷犹：犹豫。北姑：地名。⑥瞀：心烦意乱。沛徂：此言颠沛流离之苦。徂，去。⑦苦神：伤神。⑧行媒：往来做媒约的人。

九歌图之山鬼　南宋·无款

与经典同行　与圣人为伍

怀沙①

屈原

- 滔滔孟夏兮，草木莽莽。②
  伤怀永哀兮，汩徂南土。③
  眴兮杳杳，孔静幽默。④
  郁结纡轸兮，离愍而长鞠。⑤
  抚情效志兮，冤屈而自抑。⑥
- 刓方以为圜兮，常度未替。⑦

【注释】①怀沙：沙指今长沙之地，怀沙即怀念祖国故地之意。朱熹的解释则不同，他说："言怀抱沙石以自沉也。"莽：古音一作mǔ，与下面的"土"协韵。②滔滔：本指水势浩大，此指夏季阳气盛發的样子。③汩：水流迅疾貌。徂：往，去。④眴：同"瞬"，看。孔：很，甚。幽默：幽寂无声。⑤离：遭。愍：痛。鞠：困窘，贫苦。⑥抚情效志：犹言扪心自省。⑦刓：削，刻。度：法。替：废。

江天楼阁图　南宋·无款

九章　怀沙

易初本迪兮，君子所鄙。①
章画志墨兮，前图未改。②
◎ 内厚质正兮，大人所晟。③
巧倕不斫兮，孰察其拨正。④
◎ 玄文处幽兮，矇瞍谓之不章。⑤
离娄微睇兮，瞽以为无明。⑥
变白以为黑兮，倒上以为下。
凤皇在笯兮，鸡鹜翔舞。⑦

【注释】①本：疑为"卞"之误。卞、变古通。迪：古通道。②章画志墨：犹言明确规划法度。章，明。志，念。图：法。③大人：指君子。晟：同"盛"，称赞。④倕：传为尧时的巧匠。拨正：犹言曲直。⑤玄文：黑色的花纹。矇：有眼珠而失明。瞍：有眼无珠。章：明。⑥离娄：传说中视力极强之人。睇：斜视。瞽：眼瞎。⑦笯：竹做的笼。鹜：野鸭。翔舞：自由地飞翔。

凤皇在笯兮，鸡鹜翔舞。清·门应兆

山坡论道图 南宋·无款

与经典同行　与圣人为伍

同糅玉石兮，一概而相量。①
夫惟党人鄙固兮，羌不知余之所臧。②
任重载盛兮，陷滞而不济。③
怀瑾握瑜兮，穷不知所示。④
邑犬之群吠兮，吠所怪也。
非俊疑杰兮，固庸态也。⑤
文质疏内兮，众不知余之异采。⑥
材朴委积兮，莫知余之所有。⑦
● 重仁袭义兮，谨厚以为丰。⑧

【注释】①糅：杂。②鄙固：卑陋固执。臧：善。③盛：多。④瑾、瑜：美玉。⑤非：非难。疑：怀疑。庸态：庸俗的态度。⑥文质：文华与质朴。疏内：迂阔而木讷。内，通"讷"。朱熹《楚辞集注》："内，木讷也。"⑦材朴：条直为材，壮大为朴。一说朴为未加工的原木。⑧袭：重复。

九章 怀沙

九歌图之河伯　南宋·无款

重华不可遌兮,孰知余之从容!①
古固有不并兮,岂知其何故?②
汤禹久远兮,邈而不可慕。
惩连改忿兮,抑心而自强。③
离闵而不迁兮,愿志之有像。④
进路北次兮,日昧昧其将暮。⑤
舒忧娱哀兮,限之以大故。⑥

● 乱曰:浩浩沅湘,分流汩兮。⑦

【注释】①遌:同"迕",遇,遇到。从容:举动。②不并:指君、臣不遇。③惩连:止已留连之心。惩,止。忿:恨。抑:按。强:勉强。④离:遭。闵:病。像:效法,榜样。⑤次:舍。昧:冥。⑥限:度。大故:死的婉称。⑦汩:水声。

虞舜孝感动天图　清·王素

与经典同行　与圣人为伍

九章·怀沙

修路幽蔽，道远忽兮。①
怀质抱情，独无匹兮。②
伯乐既没，骥焉程兮？③
民生禀命，各有所错兮。④
定心广志，余何畏惧兮！
曾伤爰哀，永叹喟兮。⑤
世溷浊莫吾知，人心不可谓兮。⑥
知死不可让，愿勿爱兮。⑦
明告君子，吾将以为类兮。⑧

【注释】①修：长。一本此句下据《史记》补入了四句："曾吟恒悲兮，永慨叹兮。世既莫吾知兮，人心不可谓兮。"②匹：双。《楚辞集注》："匹，当作'正'字之误也。"疑当是。③没：通"殁"，死去。程：衡量。④错：通"措"，安置。错，古音一作cù，与下面的"惧"协韵。⑤爰：于。⑥谓：犹说。⑦让：辞让。⑧告：郭沫若认为当读作皓（hào）。明皓，光明磊落。类：法。谓宜以我为法度。

伯乐相马图　清·吴友如

读经诵典　受益匪浅

思美人（sī měi rén）①

屈原（qū yuán）

思美人兮，揽涕而伫眙。②
媒绝路阻兮，言不可结而诒。③
蹇蹇之烦冤兮，陷滞而不发。
申旦以舒中情兮，志沉菀而莫达。④
愿寄言于浮云兮，遇丰隆而不将。⑤
因归鸟而致辞兮，羌迅高而难当。⑥
高辛之灵盛兮，遭玄鸟而致诒。⑦
欲变节以从俗兮，愧易初而屈志。⑧

【注释】①思美人：即思念楚王，此处以美人喻楚怀王。②眙：直视，注视。③诒：同"贻"，赠予。④申旦：再三表白。沉菀：沉闷郁结。⑤丰隆：云神。将：送。⑥羌：发语词。迅：一作"宿"。当：遇。⑦高辛：即帝喾。灵盛：喻德行美好且多。⑧志：意志。音zhì，协韵。

寒食归宁图　清·袁江

与经典同行　与圣人为伍

独历年而离愍兮，羌冯心犹未化。①
宁隐闵而寿考兮，何变易之可为。②
○ 知前辙之不遂兮，未改此度。③
车既覆而马颠兮，蹇独怀此异路。
勒骐骥而更驾兮，造父为我操之。④
迁逡次而勿驱兮，聊假日以须时。⑤
指嶓冢之西隈兮，与纁黄以为期。⑥
○ 开春发岁兮，白日出之悠悠。

【注释】 ①冯：同"凭"，愤怒。化：《楚辞集注》："化，叶音扔。" ②隐闵：忍忧。寿考：年老。③遂：遂心顺愿，顺利。④更：再，又。造父：周穆王时人，善驾。⑤逡次：逡巡，犹豫不前的样子。须：等待。⑥嶓冢：山名，在今甘肃境内。纁黄：黄昏。

九章 思美人

勒骐骥而更驾兮，造父为我操之。　清·门应兆

柳阴高士图　南宋·无款

吾将荡志而愉乐兮,遵江夏以娱忧。①
揽大薄之芳茝兮,搴长洲之宿莽。②
惜吾不及古人兮,吾谁与玩此芳草?
解萹薄与杂菜兮,备以为交佩。③
佩缤纷以缭转兮,遂萎绝而离异。④
吾且儃佪以娱忧兮,观南人之变态。⑤
窃快在中心兮,扬厥凭而不俟。⑥
芳与泽其杂糅兮,羌芳华自中出。
纷郁郁其远蒸兮,满内而外扬。⑦

【注释】①荡志:纵情。②薄:草木杂生之地。茝:即白芷,一种芳草。搴:拔取。宿莽:草名。③萹:萹蓄,草名。交佩:指左右佩带。④缭转:缠绕。⑤变态:异状。⑥窃快:暗喜。凭:愤懑。俟:一作"竢",等待。⑦蒸:一作"承"。

临流抚琴图 南宋·无款

情与质信可保兮,羌居蔽而闻章。①
令薜荔以为理兮,惮举趾而缘木。②
因芙蓉而为媒兮,惮褰裳而濡足。③
登高吾不说兮,入下吾不能。
固朕形之不服兮,然容与而狐疑。④
广遂前画兮,未改此度也。⑤
命则处幽,吾将罢兮,
愿及白日之未暮也。⑥
独茕茕而南行兮,思彭咸之故也。⑦

【注释】①居蔽:处境恶劣。闻章:声名彰著。闻古音wèn。②理:提亲人。惮:害怕。③褰:撩起。④服:顺从。⑤广遂:全面完成。画:计策。⑥及:趁着。⑦茕茕:孤单的样子。

松下闲吟图 南宋·无款

九章 思美人

读经诵典 受益匪浅

惜往日

屈原

- 惜往日之曾信兮,受命诏以昭时。①
奉先功以照下兮,明法度之嫌疑。②
国富强而法立兮,属贞臣而日娭。③
秘密事之载心兮,虽过失犹弗治。④
心纯厖而不泄兮,遭谗人而嫉之。⑤
君含怒而待臣兮,不清澈其然否。⑥
蔽晦君之聪明兮,虚惑误又以欺。

【注释】①昭时:使时代光明。时原误为诗字。②嫌疑:含混不清之处。③属:同"嘱",托付。娭:同"嬉",快乐。④治:治罪。⑤纯厖:纯朴忠厚。泄:漏。意谓素性敦厚,慎语言。⑥清澈:作动词用,即弄清真相。澈,义同"澄"。否:古音一作pǐ,与上下几句协韵。

小殿柳风图 清·袁江

与经典同行　与圣人为伍

弗参验以考实兮,远迁臣而弗思。
信谗谀之溷浊兮,盛气志而过之。
何贞臣之无罪兮,被离谤而见尤?
惭光景之诚信兮,身幽隐而备之。①
临沅湘之玄渊兮,遂自忍而沉流。②
卒没身而绝名兮,惜壅君之不昭。③
君无度而弗察兮,使芳草为薮幽。④
焉舒情而抽信兮,恬死亡而不聊。⑤
独鄣壅而蔽隐兮,使贞臣为无由。⑥

【注释】 ①备:闻一多在《楚辞校补》中说:"案:'备'字无义,疑当为'避'。" ②沉流:沉入流水中,喻自杀。③壅君:昏君。壅,壅塞,堵塞。④薮幽:长着深草的幽深处。⑤抽信:抒发真情。抽,抒;信,真情。恬:坦然。不聊:不苟且偷生。⑥鄣壅:障碍重重。鄣,同"障"。壅,堵塞。无由:无从。

九章　惜往日

临沅湘之玄渊兮。　清·门应兆

溪桥幽兴图　元·方从义

读经诵典　受益匪浅

● 闻百里之为虏兮,伊尹烹于庖厨。①
吕望屠于朝歌兮,甯戚歌而饭牛。②
不逢汤武与桓缪兮,世孰云而知之!③
吴信谗而弗味兮,子胥死而後忧。④
介子忠而立枯兮,文君寤而追求。⑤
封介山而为之禁兮,报大德之优游。
思久故之亲身兮,因缟素而哭之。⑥
或忠信而死节兮,或訑谩而不疑。⑦

【注释】①百里：即百里奚,秦穆公用五张羊皮赎其奴身,任为大夫。伊尹：商汤大臣,助汤灭夏。曾为奴隶,做过厨师。②吕望：即姜尚,曾在朝歌卖肉,晚年被周文王重用,助武王灭商。甯戚：春秋时卫国人,夜晚喂牛,讴歌被齐桓公听到,任为上卿,後迁国相。③桓：齐桓公。缪：通"穆",指秦穆公。④味：作动词解,辨味,玩味。⑤立枯：指介子推抱着树站立被烧死一事。文君：指晋文公。⑥久故：故旧,老朋友。⑦訑谩：欺骗。

楚辞

人物山水图之甯戚放牛　清·任熊

弗省察而按实兮,听谗人之虚辞。
芳与泽其杂糅兮,孰申旦而别之?
何芳草之早殀兮,微霜降而下戒。①
谅聪不明而蔽壅兮,使谗谀而日得。②
自前世之嫉贤兮,谓蕙若其不可佩。
妒佳冶之芬芳兮,嫫母姣而自好。③
虽有西施之美容兮,谗妒入以自代。

【注释】①下:疑"不"之误。②谅:诚然,实在。聪:听觉,听力。③嫫母:传为黄帝次妃,貌丑。姣:妖媚。

九章 惜往日

美女西施图·佚名

愿陈情以白行兮,得罪过之不意。
情冤见之日明兮,如列宿之错置。
乘骐骥而驰骋兮,无辔衔而自载。
乘泛泭以下流兮,无舟楫而自备。①
背法度而心治兮,辟与此其无异。②
宁溘死而流亡兮,恐祸殃之有再。③
不毕辞而赴渊兮,惜壅君之不识。④

【注释】①泭:同"桴",竹筏或木筏。②辟:同"譬"。③溘:忽然,突然。④识:明白。此为协韵,音shì或zhì皆可。

高山流水图 明·仇英

与经典同行　与圣人为伍

橘颂①

屈原

后皇嘉树，橘徕服兮②。
受命不迁，生南国兮。
深固难徙，更壹志兮。
绿叶素荣，纷其可喜兮③。
曾枝剡棘，圆果抟兮④。
青黄杂糅，文章烂兮⑤。

【注释】①橘颂：歌颂橘树。②后：后土。皇：皇天。徕：同"来"。服：适应，习惯。③素荣：白色小花。④曾：通"层"。剡棘：锋利的刺。抟：同"团"，圆圆的。⑤文章：花纹。指橘子表皮的纹理。烂：灿烂。

橘绿图　南宋·马麟

九章　橘颂

精色内白，类任道兮。①
纷缊宜修，姱而不丑兮。②
嗟尔幼志，有以异兮。③
独立不迁，岂不可喜兮。
深固难徙，廓其无求兮。④
苏世独立，横而不流兮。⑤

【注释】①精：明。类任道兮：一本作"类可任兮"，意可托重任之类。类，犹貌。②纷缊：茂盛浓密。姱：好貌。③幼：小。④廓：指胸怀坦荡。⑤苏世：醒世。不流：不随波逐流。

农户小桥图　清·袁　耀

与经典同行　与圣人为伍

闭心自慎，终不过失兮。①
秉德无私，参天地兮。
愿岁并谢，与长友兮。②
淑离不淫，梗其有理兮。③
年岁虽少，可师长兮。
行比<u>伯夷</u>，置以为像兮。④

【注释】①过失：与下文"地"协韵。"过"为衍文。②并谢：一同死去。③淑离：谓独善。淑，善。淫：过分。梗：强硬，挺直。④行：品行。像：榜样。

九章 橘颂

愿岁并谢，与长友兮。　清·门应兆

读经诵典　受益匪浅

悲回风①

屈原

悲回风之摇蕙兮，心冤结而内伤。
物有微而陨性兮，声有隐而先倡。②
夫何彭咸之造思兮，暨志介而不忘！③
万变其情岂可盖兮，孰虚伪之可长！④
鸟兽鸣以号群兮，草苴比而不芳。⑤
鱼葺鳞以自别兮，蛟龙隐其文章。⑥
故荼荠不同亩兮，兰茝幽而独芳。⑦

【注释】①回风：即旋风。②物：指蕙。有：语助词，无义。性：通"生"，指生机。声：指秋风。倡：同"唱"。一说倡，始也。③造思：思念追忆。暨：与。介：节操。④盖：掩藏，掩盖。⑤号：呼。苴：枯草。生曰草，枯曰苴。比：合。古音 bì。⑥葺：重叠。文章：纹理。⑦荼：苦菜。荠：甜菜。

楚辞

扁舟傲睨图　元·无款

与经典同行　与圣人为伍

惟佳人之永都兮，更统世而自贶。①
眇远志之所及兮，怜浮云之相羊。②
介眇志之所惑兮，窃赋诗之所明。③
惟佳人之独怀兮，折若椒以自处。④
曾歔欷之嗟嗟兮，独隐伏而思虑。⑤
涕泣交而凄凄兮，思不眠以至曙。
终长夜之曼曼兮，掩此哀而不去。
寤从容以周流兮，聊逍遥以自恃。
伤太息之愍怜兮，气於邑而不可止。⑥

九章 悲回风

【注释】①佳人：谓怀、襄王。都：邑有先君之庙曰都。自贶：犹言自许。贶，通"况"。②相羊：义同"徜徉"。③介：节操。眇志：高远的心志。窃：私下。明：表明。古音一作máng，与上面的句子协韵。④若：一作"芳"。⑤歔欷：哽咽。嗟嗟：叹息声。⑥於邑：同"郁邑"，气结。

百尺梧桐轩图　元·无款

糺思心以为纕兮，编愁苦以为膺。①
折若木以蔽光兮，随飘风之所仍。②
存仿佛而不见兮，心踊跃其若汤。③
抚珮衽以案志兮，超惘惘而遂行。④
岁曶曶其若颓兮，时亦冉冉而将至。⑤
薠蘅槁而节离兮，芳以歇而不比。⑥
怜思心之不可惩兮，
证此言之不可聊。

【注释】①糺：同"纠"，缠绕。纕：佩带。编：结。膺：原意为胸，此喻护胸的内衣。②仍：因，循。这里作"随"解。③仿佛：形似。汤：水开谓之汤。④珮衽：饰物，衣襟。案：同"按"。惘惘：怅然若失的样子。行：古音一作háng，与上面的"汤"协韵。⑤曶：同"忽"。曶曶，迅疾。颓：下坠。⑥槁：枯萎。节离：茎节离断。

楚辞

山水图 元·无款

与经典同行　与圣人为伍

宁溘死而流亡兮,不忍此心之常愁。①
孤子吟而抆泪兮,放子出而不还。②
孰能思而不隐兮?照彭咸之所闻。③
○ 登石峦以远望兮,路眇眇之默默。④
入景响之无应兮,闻省想而不可得。⑤
愁郁郁之无快兮,居戚戚而不可解。
心鞿羁而不形兮,气缭转而自缔。⑥
穆眇眇之无垠兮,莽芒芒之无仪。⑦
声有隐而相感兮,物有纯而不可为。⑧

【注释】①此心之常愁:一作"为此之常愁"。②吟:叹。抆:拭。放子:被放逐的人。③隐:忧。闻:郭沫若《屈原赋今译》:"当是'闻'字之误,'闻'与'闲'通。"④峦:山少而锐曰峦。⑤景:同"影"。省:审,察。⑥鞿羁:约束,拘束。缔:缔结,缔合。⑦穆:静穆。芒芒:广大貌。仪:匹。⑧纯:本性,纯朴。

九章　悲回风

松斋静坐图　元·无款

邈蔓蔓之不可量兮，缥绵绵之不可纡。①
愁悄悄之常悲兮，翩冥冥之不可娱。②
凌大波而流风兮，托彭咸之所居。
上高岩之峭岸兮，处雌蜺之标颠。③
据青冥而攄虹兮，遂倏忽而扪天。④
吸湛露之浮源兮，漱凝霜之雰雰。⑤
依风穴以自息兮，忽倾寤以婵媛。⑥
冯昆仑以瞰雾兮，隐岐山以清江。⑦
惮涌湍之磕磕兮，听波声之汹汹。⑧

【注释】①缥绵绵：愁思缥缈绵长。纡：萦。②翩：神思飞翔。③蜺：古人谓雄虹雌蜺，蜺，霓虹。标颠：顶点。④攄：同"抒"。扪：抚，摸。⑤湛：厚。浮源：轻微的凉气。源，一作"凉"。漱：漱口。雰雰：霜雪很盛的样子。⑥风穴：神山名，在昆仑山上，传说是寒风之出处。倾寤：醒悟。⑦冯：登。瞰：视。⑧磕磕：水石相撞声。

九歌图之河伯　元·无款

与经典同行　与圣人为伍

纷容容之无经兮，罔芒芒之无纪。①
轧洋洋之无从兮，驰委移之焉止？②
漂翻翻其上下兮，翼遥遥其左右。
泛潏潏其前後兮，伴张弛之信期。③
观炎气之相仍兮，窥烟液之所积。④
悲霜雪之俱下兮，听潮水之相击。
借光景以往来兮，施黄棘之枉策。⑤
求介子之所存兮，见伯夷之放迹。⑥
心调度而弗去兮，刻著志之无适。

【注释】 ①容容：变动之貌。经：常道。纪：条理。②轧：指波涛相撞击。无从：无所适从。委移：同"逶迤"，水流弯曲漫长貌。③潏潏：水流涌出状。张弛：亦作"张弜"。谓弓弦拉紧和放松，因以喻事物之进退、起落、兴废等。④仍：连接。烟液：指水汽凝结的水珠。⑤黄棘：古地名。战国时属楚。一说为神话中木名。枉策：弯曲的马鞭。⑥介子：介子推。放迹：遗迹。

九章　悲回风

九歌图之东皇太一　元·无款

曰：吾怨往昔之所冀兮，
悼来者之惕惕。①
浮江淮而入海兮，从子胥而自适。
望大河之洲渚兮，悲申徒之抗迹。②
骤谏君而不听兮，任重石之何益！③
心絓结而不解兮，思蹇产而不释。④

【注释】①惕：同"惕"，忧惧。一说惕惕，欲利貌。惕，劳。②申徒：申徒狄，谏纣不听而怀石自沉。抗：同"亢"，高尚。③骤：多次。④絓结：牵挂，悬念。蹇产：屈曲貌。此两句与《哀郢》中的两句完全一样，疑为误窜入。

望大河之洲渚兮，悲申徒之抗迹。
清·门应兆

九歌图之司命　元·无款

远游
yuǎn yóu

屈原 (qū yuán)

屈子行吟图　明·陈洪绶

○ 悲时俗之迫阨兮,愿轻举而远游。①
质菲薄而无因兮,焉托乘而上浮?②
遭沉浊而污秽兮,独郁结其谁语!
夜耿耿而不寐兮,魂𮝻𮝻而至曙。③

○ 惟天地之无穷兮,哀人生之长勤。
往者余弗及兮,来者吾不闻。
步徙倚而遥思兮,怊惝怳而乖怀。④
意荒忽而流荡兮,心愁凄而增悲。
神倏忽而不反兮,形枯槁而独留。

【注释】①迫阨:逼迫,威胁。②因:依靠,凭靠。托乘:比喻得人援引。③耿耿:烦躁不安貌。𮝻𮝻:往来不绝貌。一作"荧荧"。④徙倚:犹徘徊,逡巡。怊:悲伤。惝怳:失意不高兴的样子。乖:违反。

悲时俗之迫阨兮,愿轻举而远游。 清·门应兆

九歌图之大司命 元·无款

与经典同行　与圣人为伍

内惟省以端操兮，求正气之所由。
漠虚静以恬愉兮，澹无为而自得。
● 闻赤松之清尘兮，愿承风乎遗则。①
贵真人之休德兮，美往世之登仙。②
与化去而不见兮，名声著而日延。③
奇傅说之托辰星兮，羡韩众之得一。④
形穆穆以浸远兮，离人群而遁逸。
因气变而遂曾举兮，忽神奔而鬼怪。⑤
时仿佛以遥见兮，精皎皎以往来。⑥
绝氛埃而淑尤兮，终不反其故都。⑦

【注释】①赤松：即赤松子。相传为上古时神仙。②休：美。登仙：得道登天成仙。③化：仙化。④傅说：殷武丁时的贤相。韩众：即齐人韩终，传说中服药得道升天之人。⑤气变：精气变化。曾举：高举。⑥精：精灵。⑦氛埃：秽浊尘世。淑：善。尤：过。一说淑尤即荡除忧患之意。淑，读若"涤"，荡去也。尤，"离尤"之尤，忧患也。

远游

揭钵图　元·无款

免众患而不惧兮,世莫知其所如。
恐天时之代序兮,耀灵晔而西征。①
微霜降而下沦兮,悼芳草之先零。
聊仿佯而逍遥兮,永历年而无成!②
谁可与玩斯遗芳兮?长向风而舒情。③
高阳邈以远兮,余将焉所程?④
重曰:春秋忽其不淹兮,奚久留此故居?
轩辕不可攀援兮,吾将从王乔而娱戏!⑤

【注释】①耀灵:日的别称。晔:闪光的样子。②仿佯:徘徊。③长:一作"晨"。④以:一作"已"。焉所程:从何得到法度。⑤轩辕:黄帝号。王乔:即王子乔,传说是周灵王太子晋,後得道成仙。戏:古音一作xū,协韵。

春台明月图　清·袁　耀

与经典同行　与圣人为伍

餐六气而饮沆瀣兮,漱正阳而含朝霞。①
保神明之清澄兮,精气入而粗秽除。
顺凯风以从游兮,至南巢而壹息。②
见王子而宿之兮,审壹气之和德。③

曰:"道可受兮,不可传;
其小无内兮,其大无垠;
毋滑而魂兮,彼将自然;④
壹气孔神兮,于中夜存;⑤

【注释】①六气:指神话中所说的六种自然之气。沆瀣:夜间的水气。正阳:南方日中之气。②凯风:南风。壹息:稍事休息。③王子:即上文"王乔"。审:询问。壹气、和德:均为道家术语,得道的意思。④滑:乱。⑤壹:专。孔:甚。

远游

长门夜月图　清·袁　耀

虚以待之兮，无为之先；①
庶类以成兮，此德之门。"②

● 闻至贵而遂徂兮，忽乎吾将行。③
仍羽人于丹丘兮，留不死之旧乡。④
朝濯发于汤谷兮，夕晞余身兮九阳。⑤
吸飞泉之微液兮，怀琬琰之华英。⑥
玉色頩以脕颜兮，精醇粹而始壮。⑦
质销铄以汋约兮，神要眇以淫放。⑧
嘉南州之炎德兮，丽桂树之冬荣。⑨

【注释】①先：一说古音作xūn，协韵。②庶类：指万物。③至贵：指王子乔。行：古音一作háng，协韵。④仍：追随。羽人：飞仙。⑤晞：晒干。⑥琬、琰：均为美玉。英：古音一作yāng，协韵。⑦玉色：指面色如玉。頩：美貌。脕颜：脸美丽丰润。醇粹：即纯粹。⑧质销铄：形销体解，脱离凡胎。汋约：同"绰约"，姿态柔美。要眇：同"要妙"，精深微妙。淫放：放纵，无约束。淫，游。⑨炎德：道家五行中南方属火，故称炎德。荣：协韵，王力《楚辞韵读》拼音为hiueng。

林下鸣琴图 元·朱德润

与经典同行　与圣人为伍

山萧条而无兽兮，野寂漠其无人。
载营魄而登霞兮，掩浮云而上征①。
命天阍其开关兮，排阊阖而望予②。
召丰隆使先导兮，问太微之所居③。
集重阳入帝宫兮，造旬始而观清都④。
● 朝發轫于太仪兮，夕始临乎於微闾⑤。
屯余车之万乘兮，纷溶与而并驰。
驾八龙之婉婉兮，载云旗之逶蛇。
建雄虹之采旄兮，五色杂而炫耀⑥。

【注释】①营魄：指魂魄、精神。②排：推。阊阖：天门。③丰隆：云师。太微：仙宫名。古代星官（星座）名。④重阳：指天。造：至。旬始：星名。一说皇天名。清都：天帝所居处。⑤太仪：天庭。於微闾：神话中仙山名。⑥采旄：彩旗，旗杆上饰有牛尾。

远游

四渎牧龙君图　清·《聊斋图说》

127

服偃蹇以低昂兮，骖连蜷以骄骜。①
骑胶葛以杂乱兮，斑漫衍而方行；②
撰余辔而正策兮，吾将过乎句芒。③
历太皓以右转兮，前飞廉以启路。④
阳杲杲其未光兮，凌天地以径度。⑤
风伯为余先驱兮，氛埃辟而清凉。⑥
凤凰翼其承旂兮，遇蓐收乎西皇。⑦
揽彗星以为旍兮，举斗柄以为麾。⑧

【注释】①服：四马为一驾，中间两马叫服，左右两马名骖。偃蹇：高壮矫健貌。连蜷：屈曲貌。骄骜：马匹任意奔跑的样子。②胶葛：车马喧杂。斑：通"班"，班列、队列。漫衍：无极貌。方行：并行。行，古音一作háng，与"芒"协韵。③句芒：神话中的木神。④太皓：伏羲氏，东方天帝。飞廉：即风神。⑤杲杲：很明亮的样子。天地：疑为天池之误。径：直。⑥辟：除。⑦蓐收：西方之神。⑧麾：指挥军队的旗帜。

楚辞

前飞廉以启路。清·门应兆

临李龙眠九歌图 元·张渥

与经典同行　与圣人为伍

叛陆离其上下兮，游惊雾之流波。①
时暧曃其曭莽兮，召玄武而奔属。②
後文昌使掌行兮，选署众神以并毂。③
路曼曼其修远兮，徐弭节而高厉。④
左雨师使径侍兮，右雷公以为卫。⑤
欲度世以忘归兮，意恣睢以担挢。⑥
内欣欣而自美兮，聊媮娱以自乐。⑦
涉青云以泛滥游兮，忽临睨夫旧乡。⑧

【注释】①叛：纷杂繁茂。②暧曃：昏暗的样子。曭：阴晦。玄武：古代神话中的北方之神，其形为龟，或龟蛇合体。③文昌：星名。署：置。④弭节：驻车。弭，止。节，行车进退之节。高厉：上升，高高腾起。⑤径侍：在道路旁侍候。⑥恣睢：放纵。睢，古音huī。担挢：高举，放纵。引申为所愿高远。担，同"揭"，举。⑦媮：乐。乐：古音一作yào，与上面的"挢"协韵。⑧泛滥：广博，广泛。

远游

左雨师使径侍兮，右雷公以为卫。　清·门应兆

临李龙眠九歌图之东皇太一　元·张渥

仆夫怀余心悲兮，边马顾而不行。①
思旧故以想像兮，长太息而掩涕。
泛容与而遐举兮，聊抑志而自弭。②
指炎神而直驰兮，吾将往乎南疑。③
览方外之荒忽兮，沛罔瀁而自浮。④
祝融戒而跸御兮，腾告鸾鸟迎宓妃。⑤
张《咸池》奏《承云》兮，⑥
二女御《九韶》歌。⑦

【注释】①边：旁。行：古音一作háng，与"乡"协韵。②遐：远。抑志、自弭：均指压抑自己的感情。③炎神：指掌火之神祝融。南疑：指九嶷山。④沛：水势盛大。罔瀁：水盛貌。瀁，同"漾"。浮：叶扶田比反。⑤跸：古君王出行之前戒严清道。御：止。跸御，一作"还衡"。⑥咸池、承云：古乐曲名。⑦二女：指娥皇、女英。御：侍奉。九韶：乐曲名。

龙窝君检查各部舞伎 清·《聊斋图说》

使湘灵鼓瑟兮，令海若舞冯夷。①
玄螭虫象并出进兮，形蟉虬而逶蛇。②
雌蜺便娟以增挠兮，鸾鸟轩翥而翔飞。③
音乐博衍无终极兮，焉乃逝以徘徊。④
舒并节以驰骛兮，逴绝垠乎寒门。⑤
轶迅风于清源兮，从颛顼乎增冰。⑥
历玄冥以邪径兮，乘间维以反顾。⑦
召黔嬴而见之兮，为余先乎平路。⑧

【注释】①湘灵：湘水之神。海若：北海之神。冯夷：黄河之神。②玄螭：黑色无角龙。虫象：水中神物。蟉虬：盘旋回曲状。③便娟：轻盈美丽貌。增挠：层层缠绕。增，通"层"。挠，通"绕"。轩翥：高飞。④博衍：形容音乐舒缓和谐。焉：发语辞。⑤舒：放松。并节：缰绳。逴：远。绝垠：天极。寒门：北极天门。⑥轶：超越。增冰：厚厚冰层。⑦玄冥：北方的水神、冬神。间维：古代神话计算空间距离单位之名称。⑧黔嬴：传说中的造化神。

使湘灵鼓瑟兮，令海若舞冯夷。清·门应兆

召黔嬴而见之兮，为余先乎平路。清·门应兆

远游

经营四荒兮,周流六漠。①
上至列缺兮,降望大壑。②
下峥嵘而无地兮,上寥廓而无天。③
视倏忽而无见兮,听惝恍而无闻。
超无为以至清兮,与泰初而为邻。④

【注释】①六漠:谓六合。②列缺:高空。③峥嵘:高峻。天:古音一作tīn,与"闻""邻"协韵。④至清:最清虚的境界。泰初:精气产生之初,宇宙处于无形无象的混沌状态,即指天地未分之前的状态。

沧江横笛图 元·盛懋

卜居①

屈 原

【注释】①卜居:卜问自己的处世之道。

屈原卜居图　清·黄应湛

　　此图乃奉旨而作。描绘战国楚人屈原忠心为国被谗放逐,心迷意惑,不知所为,乃往见太卜郑詹尹,问卜自处之道的故事。图中山峦吐翠,流水潺潺;绿树成阴,殿堂错落;石碁影日,几置龟策。二老者相揖于虎廊下,童子执杖侧立,奚官牵马观望。

屈原既放,三年不得復见,竭知尽忠,而蔽鄣于谗①,心烦虑乱,不知所从。乃往见太卜郑詹尹曰②:"余有所疑,愿因先生决之。"詹尹乃端策拂龟,曰:"君将何以教之?"③屈原曰:

"吾宁悃悃款款,朴以忠乎?④

将送往劳来,斯无穷乎?⑤

宁诛锄草茅,以力耕乎?

将游大人,以成名乎?⑥

【注释】①知:通"智"。鄣:同"障"。②太卜:官名,掌管占卜的事。③策、龟:均为占卜用工具。④悃悃款款:忠诚勤奋的样子。⑤送往劳来:应酬从俗。劳,慰劳。古音lào。⑥游:游说。大人:权贵显要。

三闾大夫卜居渔父　明·萧云从

与经典同行　与圣人为伍

宁正言不讳,以危身乎?
将从俗富贵,以媮生乎?①
宁超然高举,以保真乎?
将哫訾栗斯,喔咿嚅唲,以事妇人乎?②
宁廉洁正直,以自清乎?
将突梯滑稽,如脂如韦,以絜楹乎?③
宁昂昂若千里之驹乎?
将泛泛若水中之凫乎?④

【注释】①媮：通"偷"，苟且，顾眼前。一说媮音yú，乐也。②哫訾：阿谀奉承。栗斯：战栗惊恐貌，形容献媚的丑态。喔咿嚅唲：强作欢颜以奉欢之貌。嚅唲，一作"儒儿"。妇人：指楚怀王宠妃郑袖。③突梯：圆滑。韦：熟牛皮。絜楹：比喻圆滑谄谀，善于揣度人之所好。一本作潔（洁）楹。④泛泛：漂浮不定状。凫：野鸭。一本删凫后的"乎"字，与下句连为一句。

人马图　元·赵孟頫

卜居

与波上下，偷以全吾躯乎？
宁与骐骥亢轭乎？将随驽马之迹乎？①
宁与黄鹄比翼乎？将与鸡鹜争食乎？
此孰吉孰凶？何去何从？
世溷浊而不清：
蝉翼为重，千钧为轻；
黄钟毁弃，瓦釜雷鸣；②
谗人高张，贤士无名。③

【注释】①亢轭：犹言并驾齐驱。驽马：跑不快的马。②黄钟毁弃，瓦釜雷鸣：黄钟，黄铜铸的钟。瓦釜，泥土烧成的锅。黄钟被弃置一旁，瓦锅却雷鸣般地发出声响。比喻贤才不为重用而庸才却居于高位。③高张：谓居高位而嚣张跋扈。张，自傲大。古音zhàng。

秋林高士图 元·盛懋

与经典同行 与圣人为伍

吁嗟默默兮,谁知吾之廉贞?"
詹尹乃释策而谢,曰:①
"夫尺有所短,寸有所长,
物有所不足,智有所不明,
数有所不逮,神有所不通,②
用君之心,行君之意。
龟策诚不能知事。"

【注释】①谢:辞谢。②逮:达到。

卜居

仙山楼阁 明·仇英

洞天问道图 明·戴进

渔父

屈原

渔父图 清·黄 鼎

读经诵典　受益匪浅

屈原既放,游于江潭,行吟泽畔,颜色憔悴,形容枯槁。渔父见而问之曰:"子非三闾大夫与?何故至于斯!"① 屈原曰:"举世皆浊我独清,众人皆醉我独醒,是以见放!" 渔父曰:"圣人不凝滞于物,而能与世推移。世人皆浊,何不淈其泥而扬其波?② 众人皆醉,何不餔其糟而歠其醨?③ 何故深思高举,自令放为?"

【注释】①与:同"欤"。语气助词。②淈:搅动。③餔:吃。歠:喝。醨:薄酒。

楚辞

渔樵问答图　元·盛懋

渔父

屈原曰："吾闻之，新沐者必弹冠，新浴者必振衣；① 安能以身之察察，受物之汶汶者乎！② 宁赴湘流，葬于江鱼之腹中。安能以皓皓之白，而蒙世俗之尘埃乎！"

渔父莞尔而笑，鼓枻而去，乃歌曰：③ "沧浪之水清兮，可以濯吾缨；④ 沧浪之水浊兮，可以濯吾足。"遂去，不復与言。

【注释】①沐：洗髮。浴：洗身。可引申为修养道德。②察察：洁净的样子。汶汶：污浊的样子。③枻：船桨。乃：一本无此字。④沧浪：青苍色。指水色。濯：洗去污垢。

幽居乐事图之渔父图　明·陆　治

秋江晚棹图 清·禹之鼎

九辩
jiǔ biàn

宋玉 sòng yǔ

折槛图 南宋·无款

○ 悲哉秋之为气也！①
萧瑟兮，草木摇落而变衰。
憭慄兮，若在远行。②
登山临水兮，送将归。
沇寥兮，天高而气清；③
寂寥兮，收潦而水清。④
憯凄增欷兮，薄寒之中人；⑤
怆恍懭悢兮，去故而就新；⑥

【注释】 ①**气**：秋天的气氛。②**憭慄**：凄凉。③**沇寥**：形容天空空旷而晴朗。④**寂寥**：形容水之平静而清澈。**收潦**：泛滥的水流归河道。潦，雨水。**清**：屈復《楚辞新注》："清，当作'澄'。断末有连句重韵理。"⑤**憯凄**：悲伤。**薄寒**：深秋时节轻微的寒意。一说薄，迫也。⑥**怆恍懭悢**：失意惆怅的样子。

憭慄兮若在远行，登山临水兮送将归。 清·门应兆

临李龙眠九歌图之山鬼 元·张渥

与经典同行　与圣人为伍

坎廪兮，贫士失职而志不平；①
廓落兮，羁旅而无友生；②
惆怅兮，而私自怜。③
燕翩翩其辞归兮，蝉寂漠而无声。
雁廱廱而南游兮，鹍鸡啁哳而悲鸣。④
独申旦而不寐兮，哀蟋蟀之宵征。⑤
时亹亹而过中兮，蹇淹留而无成。⑥
悲忧穷戚兮独处廓，⑦
有美一人兮心不绎；⑧

【注释】①坎廪：坎坷不平，喻贫困而不得志。②廓落：空虚孤独。③怜：读音协韵。④廱廱：形容鸟鸣声和谐。啁哳：形容杂乱的鸟鸣声。⑤申旦：即通宵达旦。申，至。宵征：夜里行走，本处指蟋蟀在夜间的活动。⑥亹亹：不断前进变化。过中：时已过半，谓渐衰。蹇：發语词。淹留：久留。⑦廓：空。⑧有美一人：谓怀王。绎：解。

九辩

携瓶醉归图　清·袁耀

读经诵典　受益匪浅

去乡离家兮徠远客,超逍遥兮今焉薄!①
专思君兮不可化,君不知兮可奈何!
蓄怨兮积思,心烦憺兮忘食事。②
愿一见兮道余意,君之心兮与余异。
车既驾兮朅而归,不得见兮心伤悲。③
倚结軨兮长太息,涕潺湲兮下沾轼。④
慷慨绝兮不得,中瞀乱兮迷惑。⑤
私自怜兮何极?心怦怦兮谅直。⑥
皇天平分四时兮,窃独悲此廪秋。⑦

楚辞

【注释】①焉:何。薄:止。②憺:通"惔"。《说文》:"惔,忧也。"食事:食与事。③朅:离去。④结軨:车箱。潺湲:水流不断,此处形容泪流不止。⑤瞀:昏乱。⑥怦怦:忠谨貌。谅:真诚,忠诚。⑦廪秋:寒冷的秋天。

去乡离家兮徠远客,超逍遥兮今焉薄。　清·门应兆

临李龙眠九歌图之河伯　元·张渥

九辩

白露既下百草兮，奄离披此梧楸。①
去白日之昭昭兮，袭长夜之悠悠。②
离芳蔼之方壮兮，余萎约而悲愁。③
秋既先戒以白露兮，冬又申之以严霜。④
收恢台之孟夏兮，然欿傺而沉藏。⑤
叶菸邑而无色兮，枝烦挐而交横。⑥
颜淫溢而将罢兮，柯仿佛而萎黄。⑦
萷櫹槮之可哀兮，形销铄而瘀伤。⑧
惟其纷糅而将落兮，恨其失时而无当。⑨

【注释】①奄：忽。离披：分散，指树木枝叶稀疏。②昭昭：明亮的样子。袭：继承，沿袭。③蔼：繁茂的样子。萎约：病困潦倒。④戒：告诫。申：重复，加上。⑤恢台：生机盎然的样子。台即胎。欿傺：枯萎，凋零。⑥菸邑：枯萎的样子。烦挐：杂乱。⑦淫溢：过分。这里指人走向衰老。罢：古通"疲"，这里指憔悴。柯：树枝。仿佛：犹模糊，指颜色不鲜明。⑧萷：萧疏的样子。櫹槮：树木高耸的样子。销铄：指树木受到损伤。⑨纷糅：众多而错杂的样子。当：值。

葵阳图　明·文徵明

揽騑辔而下节兮,聊逍遥以相佯。①
岁忽忽而遒尽兮,恐余寿之弗将。②
悼余生之不时兮,逢此世之俇攘。③
澹容与而独倚兮,蟋蟀鸣此西堂。④
心怵惕而震荡兮,何所忧之多方。⑤
卬明月而太息兮,步列星而极明。⑥
窃悲夫蕙华之曾敷兮,纷旖旎乎都房。⑦
何曾华之无实兮,从风雨而飞飏!⑧

【注释】①騑辔:騑,驾车的马。辔,缰绳。下节:按节。节,马鞭。聊:暂时,姑且。相佯:义同"徜徉",徘徊。②遒尽:即将完结。将:长。③俇攘:纷扰不定的样子。④容与:闲散的样子。⑤怵惕:惊惧而警惕。⑥卬:通"仰",即仰望。步:散步,徘徊。极明:到天明。明,旧音máng,协韵。⑦蕙华:蕙草的花。敷:开放。旖旎:盛貌。都:大。房:花房。⑧曾华:即繁花朵朵之意。曾,通"层"。

卬明月而太息兮,步列星而极明。 清·门应兆

临李龙眠九歌图之东君 元·张渥

与经典同行　与圣人为伍

以为君独服此蕙兮,羌无以异于众芳。①
悯奇思之不通兮,将去君而高翔。②
心闵怜之惨凄兮,愿一见而有明。③
重无怨而生离兮,中结轸而增伤。④
岂不郁陶而思君兮?君之门以九重!⑤
猛犬狺狺而迎吠兮,关梁闭而不通。⑥
皇天淫溢而秋霖兮,后土何时而得漧?⑦
块独守此无泽兮,仰浮云而永叹!⑧

【注释】①服:佩戴。②悯:伤。奇思:谓忠信。③有明:表明心迹。④重:念。中结轸:心中十分悲伤。中,心中。轸,通"紾",指心如扭绞。⑤郁陶:忧思郁于心中。⑥狺狺:狗叫声。⑦霖:久下不停的雨。后土:地。⑧块:块然,孤独的样子。

九辩

皇天淫溢而秋霖兮,后土何时而得漧?　清·门应兆

临李龙眠九歌图之湘君　元·张渥

○ 何时俗之工巧兮？背绳墨而改错！①
却骐骥而不乘兮，策驽骀而取路。②
当世岂无骐骥兮，诚莫之能善御。
见执辔者非其人兮，故跶跳而远去。③
凫雁皆唼夫梁藻兮，凤愈飘翔而高举。④
圆凿而方枘兮，吾固知其鉏铻而难入。⑤
众鸟皆有所登栖兮，
凤独遑遑而无所集。⑥

【注释】①工巧：善于投机取巧。背：背弃。错：置。古音一作cù，协韵。②却：拒绝。骐骥：骏马，此处喻有才能的人。驽骀：劣马，比喻无能之辈。③执辔者：驾车的人，比喻执政者。跶跳：一作"骊跳"。④凫：野鸭。唼：指水鸟或鱼类的吞食动作。梁：一作"粱"。米。藻：水草。高举：高高飞起。⑤枘：榫头。鉏铻：同"龃龉"，相互抵触。⑥遑遑：往来不定的样子。

凫雁皆唼夫梁藻兮，凤愈飘翔而高举。 清·门应兆

临李龙眠九歌图之湘夫人 元·张渥

愿衔枚而无言兮,尝被君之渥洽。①
太公九十乃显荣兮,诚未遇其匹合。
谓骐骥兮安归?谓凤皇兮安栖?
变古易俗兮世衰,今之相者兮举肥。②
骐骥伏匿而不见兮,凤皇高飞而不下。
鸟兽犹知怀德兮,何云贤士之不处?③
骥不骤进而求服兮,④
凤亦不贪馁而妄食。⑤
君弃远而不察兮,虽愿忠其焉得?⑥

【注释】 ①衔枚:闭口不言。原指行军时士兵以枚衔于口中,以防喧哗。渥洽:深厚的恩泽。渥,厚。洽,泽。②变古易俗:改变古代的习俗。举肥:挑选肥壮的马。比喻只看表面现象挑选人才。③云:说,此处指责怪。处:留下。④骤:急速,快速。服:御。⑤馁:通"喂"。⑥察:明辨善恶。

九辩

坐看云起图 元·盛懋

读经诵典　受益匪浅

欲寂漠而绝端兮，窃不敢忘初之厚德。①
独悲愁其伤人兮，冯郁郁其何极？②
霜露惨凄而交下兮，心尚幸其弗济。③
霰雪雰糅其增加兮，乃知遭命之将至。④
愿徼幸而有待兮，泊莽莽与野草同死。⑤
愿自往而径游兮，路壅绝而不通。⑥
欲循道而平驱兮，又未知其所从。⑥
然中路而迷惑兮，自压桉而学诵。⑦
性愚陋以褊浅兮，信未达乎从容。⑧

【注释】①绝端：断绝联系，指不思念楚王。②冯：充满。一说楚国方言，愤懑。郁郁：忧闷。极：穷。③霜露：比喻诬陷，迫害。幸：希望。④雰：形容雪下得很大。⑤徼幸：通"侥幸"。泊：止。莽莽：荒野。⑥循道：沿着大道。从：追随。⑦自压桉：自我克制。桉，通"按"。⑧褊浅：浅薄狭隘。

霜露惨凄而交下兮，霰雪雰糅其增加兮。　清·门应兆

临李龙眠九歌图之大司命　元·张渥

楚辞

152

与经典同行　与圣人为伍

窃美申包胥之气晟兮,恐时世之不固。①
何时俗之工巧兮?灭规矩而改凿!②
独耿介而不随兮,愿慕先圣之遗教。③
处浊世而显荣兮,非余心之所乐。④
与其无义而有名兮,宁穷处而守高。
食不媮而为饱兮,衣不苟而为温。⑤
窃慕诗人之遗风兮,愿托志乎素餐。⑥
蹇充倔而无端兮,泊莽莽而无垠。⑦
无衣裘以御冬兮,

九辩

【注释】①申包胥:楚大夫。昔伍子胥对他说必亡郢,他答"子能亡之,我能存之"。後吴破郢,他果请秦救楚。②灭规矩、改凿:取消或改变常用的规矩或措施。闻一多《楚辞校补》:"'凿'当为'错',声之误也。"③不随:不随波逐流。④乐:喜爱。⑤媮:通"偷"。苟:随便。⑥诗人:专指《诗经·魏风·伐檀》的作者,因诗的第三章有:"彼君子兮,不素餐兮!"素餐:朴素的饮食,作者以此表明自己的志气和操守。⑦充倔:得意忘形貌。倔,通"诎"。洪兴祖补注:"充倔,喜失节貌。"

真赏斋图　明·文徵明

恐溘死不得见乎阳春。①

靓杪秋之遥夜兮，心缭悷而有哀。②

春秋逴逴而日高兮，然惆怅而自悲。③

四时递来而卒岁兮，阴阳不可与俪偕。④

白日晼晚其将入兮，明月销铄而减毁。⑤

岁忽忽而遒尽兮，老冉冉而愈弛。⑥

心摇悦而日幸兮，然怊怅而无冀。⑦

中憯恻之凄怆兮，长太息而增欷。⑧

年洋洋以日往兮，老嶚廓而无处。⑨

【注释】①溘死：突然死去。②靓：通"静"，安静。杪秋：秋末。杪，树梢。缭悷：缠绕曲折，形容心中悲忧缭绕。③逴逴：遥远的样子。④递来：一个接一个到来。俪：偶。⑤晼晚：夕阳西下，比喻暮年。销铄：本处指损蚀。⑥遒：迫近，尽。⑦日幸：指每天都有侥幸心理。⑧憯恻：悲伤。⑨洋洋：广大的样子。嶚廓：通"寥廓"，空旷。

年洋洋以日往兮，老嶚廓而无处。 清·门应兆

临李龙眠九歌图之少司命 元·张渥

与经典同行　与圣人为伍

事亹亹而觊进兮，蹇淹留而踌躇。①
何泛滥之浮云兮？猋壅蔽此明月。②
忠昭昭而愿见兮，然霠曀而莫达。③
愿皓日之显行兮，云蒙蒙而蔽之。④
窃不自料而愿忠兮，或黕点而污之。⑤
尧舜之抗行兮，瞭冥冥而薄天。⑥
何险巇之嫉妒兮，被以不慈之伪名？⑦
彼日月之照明兮，尚黯黮而有瑕。⑧

【注释】①亹亹：形容不断变化。觊：企图。②氾滥：通"泛滥"，此处指云彩满天。猋：犬奔貌。引申为迅疾貌。③霠曀：乌云蔽日，天气阴暗的样子。④皓日：明亮的太阳，比喻君主。⑤料：考虑。黕点：被污垢沾污。点，动词，沾污。⑥抗行：高尚的行为。瞭：明。薄天：接近天，形容尧舜德行之高尚。⑦险巇：艰难，此处指险恶小人。被：加在身上。伪名：捏造的罪名。⑧黯黮：昏暗的样子。

九辩

隐居十六观图之寒沽　明·陈洪绶

155

何况一国之事兮,亦多端而胶加。①
被荷裯之晏晏兮,然潢洋而不可带。②
既骄美而伐武兮,负左右之耿介。
憎愠惀之修美兮,好夫人之慷慨。③
众踥蹀而日进兮,美超远而逾迈。④
农夫辍耕而容与兮,恐田野之芜秽。⑤
事绵绵而多私兮,窃悼後之危败。⑥
世雷同而炫曜兮,何毁誉之昧昧!⑦

【注释】①多端:头绪多。胶加:乖戾,缠绕无绪。胶,戾。②裯:一种短衣。晏晏:轻柔鲜艳的样子。潢洋:空荡荡的样子,比喻衣服不贴身。③愠惀:心有所蕴积而不善表达。一说愠音wěn。④踥蹀:小步行走。逾迈:远离。⑤容与:徘徊犹豫,踌躇不前。芜秽:杂草丛生,形容田园荒芜。⑥绵绵:微弱。⑦炫曜:日光强烈,此处形容目光迷乱,是非不分。昧昧:昏暗的样子。

湘夫人图 宋·李公麟

与经典同行　与圣人为伍

今修饰而窥镜兮，后尚可以窜藏。①
愿寄言夫流星兮，羌倏忽而难当。②
卒壅蔽此浮云兮，下暗漠而无光。
尧舜皆有所举任兮，故高枕而自适。③
谅无怨于天下兮，心焉取此怵惕？④
乘骐骥之浏浏兮，驭安用夫强策？⑤
谅城郭之不足恃兮，虽重介之何益？⑥
邅翼翼而无终兮，忳惛惛而愁约。⑦
生天地之若过兮，功不成而无效。

【注释】①修饰：用修饰外貌比喻克服自身缺点。窜藏：逃过劫难，得以自保。②倏忽：快速的样子。③举任：选拔、任用有才能之人。④谅：确实。⑤浏浏：水流的样子，形容顺畅。强策：强力的鞭策。⑥重介：厚重的盔甲。⑦邅翼翼：难以前进的样子。忳惛惛：忧郁烦闷的样子。

九辩

临溪水阁图　明·仇 英

愿沉滞而不见兮,尚欲布名乎天下。①
然潢洋而不遇兮,直怐愸而自苦。②
莽洋洋而无极兮,忽翱翔之焉薄?③
国有骥而不知乘兮,焉皇皇而更索?④
宁戚讴于车下兮,桓公闻而知之。⑤
无伯乐之善相兮,今谁使乎誉之?⑥
罔流涕以聊虑兮,惟著意而得之。⑦
纷纯纯之愿忠兮,妒被离而鄣之。⑧
愿赐不肖之躯而别离兮,
放游志乎云中。

【注释】①沉滞:埋没。下:古音hù,叶韵。②潢洋:指没有着落,以示不遇。怐愸:愚昧。③薄:到、至。④皇皇:通"遑遑"。⑤讴:唱歌。⑥誉:称赞。⑦罔:不可。著:表明。⑧纯纯:借为"忳忳",很诚挚的样子。被离:通"披离",纷乱的样子。鄣:同"障",阻碍。

伯乐相马图 清·吴友如

与经典同行 与圣人为伍

乘精气之抟抟兮，骛诸神之湛湛。①
骖白霓之习习兮，历群灵之丰丰。②
左朱雀之茇茇兮，右苍龙之躣躣。③
属雷师之阗阗兮，通飞廉之衙衙。④
前轻辌之锵锵兮，后辎乘之从从。⑤
载云旗之委蛇兮，扈屯骑之容容。⑥
计专专之不可化兮，愿遂推而为臧。⑦
赖皇天之厚德兮，还及君之无恙。⑧

【注释】①抟抟：聚集成团的样子。骛：追求。湛湛：聚集貌。湛，古音yóng，与"中""丰"协韵。②骖：犹驾。霓：虹。习习：飞动的样子。丰丰：众多的样子。③茇茇：飞舞飘动的样子。躣躣：行进的样子。④属：跟随。阗阗：鼓声。飞廉：风伯之名，神话中的风神。衙衙：行进的样子。⑤轻辌：有窗的轻便卧车。辎乘：古代有帷盖的车子，既可载物，又可坐卧。从从：车铃声。⑥委蛇：形容旌旗随风飘扬的样子。扈：侍从。屯骑：众多的随从骑兵。容容：盛多貌。⑦计：心志。专专：专一。臧：善、好。⑧恙：忧、病。

九辩

左朱雀之茇茇兮，右苍龙之躣躣。清·门应兆 属雷师之阗

屈原像

鸿蒙奇遇图　明·谢时臣

招魂[①]

宋玉

【注释】 ①招魂：一种迷信活动，为故去之人招魂。

招仙图 明·张灵

● 朕幼清以廉洁兮，身服义而未沫。①

主此盛德兮，牵于俗而芜秽。②

上无所考此盛德兮，长离殃而愁苦。③

帝告巫阳曰："有人在下，我欲辅之。④

魂魄离散，汝筮予之。"⑤

巫阳对曰："掌梦。上帝其难从。⑥

若必筮予之，恐后之谢，⑦

不能復用巫阳焉。"⑧

● 乃下招曰：魂兮归来！

【注释】①朕：我。清：不求曰清。沫：终止。②牵：牵累。③离：同"罹"，遭遇。殃：祸。④帝：天帝。巫阳：神话中的巫神。人：贤人，指屈原。下：古音hù，与"苦""辅""予"协韵。⑤筮：用蓍草占卦。予：同"与"，给予。⑥掌梦：主管占梦之官。⑦谢：死去。⑧一说"若必筮予之，恐后之谢，不能復用"二句为上帝言语，"巫阳焉"属下句。

竹涧焚香图 南宋·无款

与经典同行　与圣人为伍

去君之恒干，何为四方些？①
舍君之乐处，而离彼不祥些。
魂兮归来！东方不可以托些。
长人千仞，惟魂是索些。②
十日代出，流金铄石些。③
彼皆习之，魂往必释些。④
归来归来！不可以托些。⑤
魂兮归来！南方不可以止些。

【注释】①君：指屈原。恒干：常体。些：语尾助词，楚方言。②长人千仞：传言东方有长人之国，其高千仞，主求人魂而食之。索：索取。③十日：十个太阳。代：轮流。④释：熔解，熔化。⑤归来归来：一作"归来兮"。後皆同。

魂兮归来，去君之恒干，何为乎四方些？
清·门应兆

长人千仞，惟魂是索些。　清·门应兆

招魂

雕题黑齿，得人肉以祀，^①
以其骨为醢些。
蝮蛇蓁蓁，封狐千里些。^②
雄虺九首，往来倏忽，^③
吞人以益其心些。
归来归来！不可以久淫些。^④
魂兮归来！西方之害，流沙千里些。
旋入雷渊，靡散而不可止些。^⑤

【注释】①雕题：雕刻花纹在额头上。题，额。黑齿：把牙齿涂黑。②蝮：大蛇。蓁蓁：草木繁盛状，此处形容蛇多。封狐：大狐。③虺：毒蛇。首：头。④淫：游，停留。⑤旋：转。靡散：破碎，粉碎。

雕题黑齿；蝮蛇蓁蓁；封狐千里；
雄虺九首。　清·门应兆

旋入雷渊，靡散而不可止些。
赤蚁若象，玄蜂若壶些。　清·门应兆

与经典同行　与圣人为伍

幸而得脱，其外旷宇些。①
赤蚁若象，玄蜂若壶些。②
五谷不生，丛菅是食些。③
其土烂人，求水无所得些。
彷徉无所倚，广大无所极些。
归来归来！恐自遗贼些。④
魂兮归来！北方不可以止些。
增冰峨峨，飞雪千里些。⑤
归来归来！不可以久些。

【注释】①旷：大。宇：野。②壶：葫芦。③丛菅：丛生的杂草。④贼：害。江有诰《楚辞韵读》："贼，徂为反。"⑤增冰：层冰，厚冰。峨峨：高貌。

招魂

增冰峨峨，飞雪千里些。　清·门应兆

山鬼　明·陈洪绶

读经诵典　受益匪浅

楚辞

魂兮归来！君无上天些。
虎豹九关，啄害下人些。①
一夫九首，拔木九千些。
豺狼从目，往来侁侁些。②
悬人以娭，投之深渊些。③
致命于帝，然後得瞑些。④
归来归来！往恐危身些。
魂兮归来！君无下此幽都些。⑤

【注释】①虎豹九关：天门有九重，虎豹神守之。下人：指想上天之人。②从目：竖起眼睛。从，通"纵"。侁侁：形容众多。③娭：同"嬉"，玩弄。④致：送。命：人之生命。瞑：卧。⑤幽都：阴间鬼城。

虎豹九关，啄害下人些。敦脄血拇，逐人駓駓些。参目虎首，其身若牛些。清·门应兆

焚炙忠良图　清·《钦定书经图书》

与经典同行 与圣人为伍

土伯九约,其角觺觺些。①
tǔ bó jiǔ yuē， qí jiǎo yí yí suò

敦脄血拇,逐人駓駓些。②
dūn méi xuè mǔ， zhú rén pī pī suò

参目虎首,其身若牛些。③
sān mù hǔ shǒu， qí shēn ruò ní suò

此皆甘人,归来归来!恐自遗灾些。④
cǐ jiē gān rén， guī lái guī lái， kǒng zì wèi zī suò

魂兮归来!入修门些。⑤
hún xī guī lái， rù xiū mén suò

工祝招君,背行先些。⑥
gōng zhù zhāo jūn， bèi xíng xiān suò

秦篝齐缕,郑绵络些。⑦
qín gōu qí lǚ， zhèng mián lù suò

招具该备,永啸呼些。⑧
zhāo jù gāi bèi， yǒng xiào hū suò

【注释】①土伯:阴间的魔王。约:屈。觺觺:尖锐锋利貌。②敦:厚。脄:背上的肉。駓駓:疾跑状。③参目:三只眼。参,同"叁"。④甘人:以人为甘味美食。⑤修门:楚郢都的城门。⑥工祝:有本领的男巫。工,巧。祝,男巫。君:屈原。背:倍。⑦篝:竹笼。缕:线。绵:缠。络:缚。⑧招具:招魂的工具。该备:齐备。

招魂

土伯九约,其角觺觺些。 清·门应兆

礼魂 明·陈洪绶

读经诵典　受益匪浅

魂兮归来！反故居些。
天地四方，多贼奸些。
像设君室，静闲安些。①
高堂邃宇，槛层轩些。②
层台累榭，临高山些。
网户朱缀，刻方连些。③
冬有突厦，夏室寒些。④
川谷径復，流潺湲些。⑤

【注释】①像设：遗像设在……②邃：深。宇：屋。槛：栏杆。这里作动词，用栏杆围住。③网户：雕有网状花格的门户。朱缀：用丹朱色连接起来。刻方连：雕刻的方形花格相连接。④突厦：结构深邃的大屋，冬季保暖。⑤潺湲：形容河水缓流的样子。

楚辞

魂兮归来，反故居些。　清·门应兆

少司命　明·陈洪绶

168

招魂

guāng fēng zhuǎn huì　　fàn chóng lán suò
光风转蕙，泛崇兰些。①

jīng táng rù ào　　zhū chén yán suò
经堂入奥，朱尘筵些。②

dǐ shì cuì qiáo　　guà qū qióng suò
砥室翠翘，挂曲琼些。③

fěi cuì zhū bèi　　làn qí guāng suò
翡翠珠被，烂齐光些。

ruò ē fú bì　　luó chóu zhāng suò
蒻阿拂壁，罗帱张些。④

zuǎn zǔ qǐ gǎo　　jié qí huáng suò
纂组绮缟，结琦璜些。⑤

shì zhōng zhī guān　　duō zhēn guài suò
室中之观，多珍怪些。

lán gāo míng zhú　　huá róng bèi suò
兰膏明烛，华容备些。⑥

【注释】①光：阳光。转：摇动。泛：洋溢。崇兰：丛生的兰草。崇，借作"丛"。一说崇，充也。②奥：此指房屋的深处，即内室。朱尘：朱红色的顶棚。筵：竹席。③砥室：用磨平的文石铺砌的屋子。砥，石名。翠翘：翠鸟尾上的长羽。挂：悬。曲琼：玉钩。④蒻：蒻席、蒲席。阿：屈。拂：覆盖。罗：绮属，丝织品。帱：帐子，车帷。⑤纂：赤色的丝带。组：杂色的丝带。绮缟：精美而有花纹的丝织品。琦、璜：美玉名。⑥膏：油脂。

踏雪行吟图　明·周臣

二八侍宿，射递代些。①
九侯淑女，多迅众些。②
盛鬋不同制，实满宫些。③
容态好比，顺弥代些。④
弱颜固植，謇其有意些。⑤
姱容修态，絙洞房些。⑥
蛾眉曼睩，目腾光些。⑦
靡颜腻理，遗视矊些。⑧

【注释】①二八：十六人。侍宿：陪侍过夜。射：音yì，厌。一说射通"夕"，夜间。递代：轮流替代。②九侯：泛指各路诸侯。迅众：出众。③鬋：下垂的鬓发。制：式样。④比：亲。顺：确实。弥代：绝代，盖世。⑤固植：心志坚定。謇：正言貌。⑥姱：好貌。修：长。絙：通"亘"，接连，通贯。一作"緪"（gèng）。洞房：卧室。⑦蛾：一作"娥"。曼：泽。睩：眼睛转动。腾光：放出光芒。⑧靡、腻：指皮肤细腻光滑。遗：窃视。矊：眉目含情。

二八侍宿，射递代些。九侯淑女，多迅众些。
清·门应兆

九歌图之湘夫人 明·杜堇

与经典同行　与圣人为伍

离榭修幕，侍君之闲些。①
翡帷翠帐，饰高堂些。
红壁沙版，玄玉梁些。②
仰观刻桷，画龙蛇些。③
坐堂伏槛，临曲池些。
芙蓉始发，杂芰荷些。④
紫茎屏风，文缘波些。⑤
文异豹饰，侍陂陁些。⑥

【注释】①离榭：离宫的台榭。修：长。幕：大帐。闲：静。②沙：丹沙。玄：黑色。③刻桷：有雕刻的方椽。④芰：菱。⑤屏风：一种水生植物，又名水葵。文：同"纹"，皱纹。⑥文异：纹彩奇特怪异。豹饰：用豹皮装饰的武士。陂陁：阶陛。

招魂

芙蓉始发，杂芰荷些。文异豹饰，侍陂陁些。　清·门应兆

大司命　明·陈洪绶

171

轩辌既低，步骑罗些。①
兰薄户树，琼木篱些。②
魂兮归来！何远为些？
室家遂宗，食多方些。③
稻粢穱麦，挐黄粱些。④
大苦咸酸，辛甘行些。⑤
肥牛之腱，臑若芳些。⑥
和酸若苦，陈吴羹些。⑦

【注释】①轩：有顶篷的车。辌：有窗的卧车。低：驻屯。步骑：徒行为步，乘马为骑。罗：列。②薄：附。户：门户。树：种植。琼：比喻美好的事物。篱：篱笆。③室家遂宗：一家族之人都聚居在一起。一说宗，尊也。多方：多种多样。④粢：小米。穱：选择（早熟小麦）。挐：掺杂。⑤大苦：豆豉。行：古音一作háng，协韵。⑥腱：筋头。臑：通"胹"，烂熟。⑦吴羹：吴人所作的羹，以味美著称。故用以指美味佳肴。羹，古音一作láng，协韵。今音gēng。

室家遂宗，食多方些。清·门应兆

东皇太乙　明·陈洪绶

与经典同行　与圣人为伍

胹鳖炮羔，有柘浆些。①
鹄酸臇凫，煎鸿鸧些。②
露鸡臛蠵，厉而不爽些。③
粔籹蜜饵，有餦餭些。④
瑶浆蜜勺，实羽觞些。⑤
挫糟冻饮，酎清凉些。⑥
华酌既陈，有琼浆些。
归反故室，敬而无妨些。

【注释】①胹：炖，煮。炮：烧，烤。柘浆：甘蔗的汁液。②鹄酸：即酸鹄，加醋烹制天鹅肉。臇：少汁的肉羹。此作动词，烹煮肉羹。鸧：一种形似雁的鸟。③露鸡：郭沫若《屈原赋今译》："卤鸡"。一说指露栖之鸡。臛：肉羹。蠵：一种大龟。厉：浓厚。不爽：不伤胃口。爽，败。④粔籹、蜜饵：用米面和蜜制作的糕饼。餦餭：饴糖，又名麦芽糖。⑤瑶浆：玉浆。喻名贵的美酒。蜜勺：甜酒。勺，通"酌"，酒杯。这里代指酒。实：斟满。羽觞：鸟羽状的酒器。⑥挫糟：除去酒渣。冻饮：喝不加温的冷酒。酎：醇酒。

招魂

水府灵官苍玉佩图　清·任熊

肴羞未通，女乐罗些。①
陈钟按鼓，造新歌些。②
《涉江》《采菱》，发《扬荷》些。③
美人既醉，朱颜酡些。④
娭光眇视，目曾波些。⑤
被文服纤，丽而不奇些。
长髮曼鬋，艳陆离些。⑥
二八齐容，起郑舞些。

【注释】①肴：鱼肉为肴。羞：进。未通：宾主之礼，殷勤未通。一说指菜尚未上齐。②陈：撞。按：犹击。③《涉江》《采菱》《扬荷》：均为楚歌曲名。一说荷当作"阿"。发：唱。④酡：著。指饮酒後脸发红。⑤娭光：嬉乐而容光焕发。眇：眺。曾波：层叠的水波。曾，重。後常喻美女的眼睛。⑥曼鬋：光亮垂下的鬓髮。

秘殿焚香图　明·佚　名

与经典同行　与圣人为伍

衽若交竿，抚案下些。①
竽瑟狂会，搷鸣鼓些。②
宫庭震惊，發《激楚》些。③
吴歈蔡讴，奏大吕些。④
士女杂坐，乱而不分些。
放陈组缨，班其相纷些。⑤
郑、卫妖玩，来杂陈些。⑥
《激楚》之结，独秀先些。⑦

【注释】①衽：衣袖。竿：竹竿。抚案：谓用手指按着节拍。下：下行。古音一作音hù，叶韵。此二句描写舞姿。②狂会：指乐器竞奏。搷：急击。③《激楚》：歌曲名。④吴歈蔡讴：指吴、蔡两国的歌曲。歈、讴，歌曲名。大吕：古乐调名。⑤放陈：解开，除去。组：缨带，用来系王或印纽的丝带。缨：帽带。班：同"斑"，杂。纷：乱。⑥妖玩：妖艳美女。⑦结：乐曲的结尾。秀：特异，优秀。

招魂

絮才瑟弦小冯舞　清·任熊

读经诵典　受益匪浅

kūn bì xiàng qí　yǒu liù bó suò
菎蔽象棋，有六簙些。①

fēn cáo bìng jìn　qiú xiāng pò suò
分曹并进，遒相迫些。②

chéng xiāo ér móu　hū wǔ bó suò
成枭而牟，呼五白些。③

jìn zhì xī pí　fèi bái ruò suò
晋制犀比，费白日些。④

kēng zhōng yáo jù　jiá zǐ suò suò
铿钟摇簴，揳梓瑟些。⑤

yú jiǔ bú fèi　chén rì yè suò
娱酒不废，沉日夜些。

lán gāo míng zhú　huá dēng cù suò
兰膏明烛，华镫错些。⑥

jié zhuàn zhì sī　lán fāng gú suò
结撰至思，兰芳假些。⑦

楚辞

【注释】①菎：同"琨"，美玉名。蔽：筹码。象棋：象牙做的棋子。六簙：古时一种棋戏。②分曹：分开，分组。遒：竭力。③牟：加倍。"成枭而牟"和"五白"均为六簙棋戏的弈法。④制：作。犀比：即犀毗，黄金带钩。一说比，集也。费：耗。⑤铿钟：敲钟。簴：挂编钟的木架。揳：弹奏。⑥镫：膏镫。也称锭、钉、烛豆、烛盘。古代照明用具。⑦结撰：结构撰述。指吟诗赋文。至思：深至之情思。兰芳：喻贤人。假：至。

菎蔽象棋，有六簙些。清·门应兆

湘君　明·陈洪绶

与经典同行　与圣人为伍

人有所极，同心赋些。①
酌饮尽欢，乐先故些。②
魂兮归来！反故居些。

○ 乱曰：献岁发春兮，汨吾南征。③
菉蘋齐叶兮，白芷生。
路贯庐江兮，左长薄。④
倚沼畦瀛兮，遥望博。⑤
青骊结驷兮，齐千乘。⑥
悬火延起兮，玄颜烝。⑦

【注释】①极：至，尽情。②故：旧。③乱：古代乐曲的结尾，也是全诗内容的结语。献岁：进入新的一年。发春：即开春。汨：疾。指行走匆匆。④贯：出。庐江、长薄：皆地名。⑤倚：立。畦：一块块土地。瀛：大泽。博：广阔。⑥骊：纯黑为骊。此指黑马。驷：四马。⑦悬火：即悬灯。玄颜烝：即夜黑火明，火光冲天。玄，天。烝，火气上行。

招魂

芬缡车游，五岳夜醮　清·任熊

读经诵典　受益匪浅

步及骤处兮，诱骋先。①
抑骛若通兮，引车右还。②
与王趋梦兮，课後先。③
君王亲發兮，惮青兕。④
朱明承夜兮，时不可淹。⑤
皋兰被径兮，斯路渐。⑥
湛湛江水兮，上有枫。⑦
目极千里兮，伤春心。⑧
魂兮归来，哀江南。

【注释】①步：步行者。骤：骑马奔跑。处：指处在原地不动。诱：导，指打猎时作向导。②抑：止。骛：驰。若通：使顺通猎事。若，顺。还：转。③梦：古代湖名。长江北边的湖称云泽，长江南边的湖称梦泽，合称云梦泽。课：比试，考较。④發：射。惮：惊惧、害怕。青兕：类似犀牛的一种野兽。⑤朱明：指太阳。承：续。淹：久。⑥皋：泽。被：覆。径：路。渐：遮没。⑦湛湛：水深或水清貌。⑧伤春心：一作"伤心悲"。

君王亲發兮，惮青兕。清·门应兆

湘夫人　明·陈洪绶

大招①

屈原

【注释】①大招：招魂词。

起蛟图　明·汪肇

读经诵典　受益匪浅

● 青春受谢，白日昭只。①
春气奋发，万物遽只。②
冥凌浃行，魂无逃只。③
魂魄归徕！无远遥只。
魂乎归徕！无东无西，无南无北只。
东有大海，溺水浟浟只。④
螭龙并流，上下悠悠只。⑤
雾雨淫淫，白皓胶只。⑥

【注释】①青春：春天。谢：逝去。昭：明。只：语尾助词，无实义。②遽：匆忙，此指万物竞发。③冥：玄冥，北方之神。凌：驰。浃：遍。④溺水：指此水曾淹溺过很多人。浟浟：水流貌。⑤悠悠：螭龙行貌。⑥淫淫：流貌。皓胶：水气凝聚貌。

东有大海，溺水浟浟只。螭龙并流，上下悠悠只。
清·门应兆

东君　明·陈洪绶

楚辞

与经典同行　与圣人为伍

hún hū wú dōng　yáng gǔ jì liú zhǐ
魂乎无东！汤谷寂寥只。①
hún hū wú nán　nán yǒu yán huǒ qiān lǐ　fù shé yán zhǐ
魂乎无南！南有炎火千里，蝮蛇蜒只。②
shān lín xiǎn ài　hǔ bào wān zhǐ
山林险隘，虎豹蜿只。③
yú yōng duǎn hú　wáng huī qiān zhǐ
鰅鱅短狐，王虺骞只。④
hún hū wú nán　yù shāng jiān zhǐ
魂乎无南！蜮伤躬只。⑤
hún hū wú xī　xī fāng liú shā　mǎng yáng yáng zhǐ
魂乎无西！西方流沙，漭洋洋只。⑥
shǐ shǒu zòng mù　pī fà ráng zhǐ
豕首纵目，被髮鬤只。⑦
cháng zhǎo jù yá　xī xiào kuáng zhǐ
长爪踞牙，诶笑狂只。⑧

【注释】①汤谷：即旸谷。古称日出之处。②蜒：长貌。③蜿：虎行貌。④鰅、鱅：鱼名。短狐：又名射影，传说水中的一种毒虫。王虺：大蛇。虺，一种毒蛇。骞：抬头貌。⑤蜮：传说在水里暗中害人的怪物。躬：身体。《楚辞集注》："躬，叶居延反。"江有诰《楚辞韵读》："躬，当作'身'，叶音膻。"⑥漭：形容广阔无边。⑦豕：猪。鬤：头发散乱的样子。⑧踞牙：如锯之兽齿。踞，通"锯"。诶笑：强笑。

南有炎火千里，蝮蛇蜒只。
清·门应兆

豕首纵目，被髮鬤只。长爪踞牙，诶笑狂只。
清·门应兆

魂乎无西！多害伤只。
魂乎无北！北有寒山，逴龙䚟只。①
代水不可涉，深不可测只。②
天白颢颢，寒凝凝只。③
魂乎无往！盈北极只。④
魂魄归徕！闲以静只。
自恣荆楚，安以定只。⑤
逞志究欲，心意安只。⑥
穷身永乐，年寿延只。

【注释】①**逴龙**：山名，一说即烛龙，传说中北方的照明之神。**䚟**：赤色。无草木貌。②**代水**：传说中北方水名。③**颢**：白而发光。④**盈**：满。⑤**恣**：放纵，没有约束。⑥**逞**：快。**究**：穷。

北有寒山。天白颢颢，寒凝凝只。 清·门应兆

山水人物画 明·邵弥

魂乎归徕！乐不可言只。
五穀六仞，设菰粱只。①
鼎臑盈望，和致芳只。②
内鸧鸽鹄，味豺羹只。③
魂乎归徕！恣所尝只。④
鲜蠵甘鸡，和楚酪只。⑤
醢豚苦狗，脍苴蒪只。⑥
吴酸蒿蒌，不沾薄只。⑦
魂兮归徕！恣所择只。

【注释】①仞：古时八尺或七尺叫作一仞。菰：多年生草本植物，俗称茭白。其实如米，可以做饭。②臑：熟。望：满。③内：通"肭"。肥。鸧：一种似雁的水鸟。味：即口味，味道。豺：狼属，狗声。羹：古音一作láng，协韵。④尝：享用。⑤蠵：大龟。酪：酢浆。⑥醢：肉酱。苦：以胆和酱。脍：细切的鱼肉。苴蒪：又名蘘荷，香料。⑦蒿蒌：白蒿，嫩时可食。不沾薄：即味淡爽口。沾，增添。《楚辞补注》："沾，音添。益也。"一说为多汁。薄，无味。

莲华中座巍，戒师右肩袒　清·任熊

炙鸹烝凫，煔鹑陈只。①
煎鰿臛雀，遽爽存只。②
魂乎归徕！丽以先只。
四酎并孰，不涩嗌只。③
清馨冻饮，不歠役只。④
吴醴白糵，和楚沥只。⑤
魂乎归徕！不遽惕只。⑥
代秦郑卫，鸣竽张只。⑦
伏戏《驾辩》，楚《劳商》只。⑧

【注释】①鸹：鸟名。烝：同"蒸"。煔：沉肉于汤。陈：陈列（众味）。②鰿：鲫鱼。臛：肉汤，此作动词解。遽：督促，催促。一说通"渠"。王夫之《楚辞通释》："遽，与渠同。犹言如许也。"爽：差。存：前。③酎：醇酒。孰：同"熟"。涩：不滑，滞涩。嗌：咽喉。④歠：吸，饮。役：仆役。⑤醴：甜酒。糵：酿酒的曲药。沥：清酒。⑥遽惕：惶恐戒惧。⑦代：一作"岱"。国名。⑧伏戏：即伏羲氏。《驾辩》：乐曲名。《劳商》：楚古曲名。

花臀天街舞对山图　清·任熊

与经典同行　与圣人为伍

讴和《扬阿》，赵箫倡只。①
魂乎归徕！定空桑只。②
二八接舞，投诗赋只。③
叩钟调磬，娱人乱只。④
四上竞气，极声变只。⑤
魂乎归徕！听歌譔只。⑥
朱唇皓齿，嫭以姱只。⑦
比德好闲，习以都只。⑧
丰肉微骨，调以娱只。

【注释】①讴：歌唱。《扬阿》：楚曲名。倡：先歌为倡。②空桑：瑟名。③投：合。④娱：乐。乱：理。⑤四上：王逸注曰："谓上四国，代、秦、郑、卫也。"⑥譔：具。⑦嫭：同"嫮"，美好。姱：好貌。⑧比德：和顺之德。比，古音bì。好闲：喜爱娴雅。闲，通"娴"。习：指习礼。都：美。

大招

二八接舞；叩钟调磬。　清·门应兆

山水图之落日远山紫，归人相思孤　明·程嘉燧魂乎归徕！安以舒只。
嫮目宜笑，蛾眉曼只。①
容则秀雅，稚朱颜只。
魂乎归徕！静以安只。
姱修滂浩，丽以佳只。②
曾颊倚耳，曲眉规只。③
滂心绰态，姣丽施只。④
小腰秀颈，若鲜卑只。⑤
魂乎归徕！思怨移只。

【注释】①嫮：同"嫭"，美。蛾：一作"娥"。曼：长。②姱修：美女身体修长。滂浩：水势浩大，此处形容（用意）广大的样子。佳：善。③曾颊：喻面庞丰满。曾，通"层"，重也。倚耳：贴耳。规：圆。④滂心：心胸开阔。绰态：即多姿。姣：好。施：展示。⑤鲜卑：带钩。一说腰中大带。

巽姨绰约掉风扇图　清·任　熊

与经典同行　与圣人为伍

易中利心，以动作只。①
yì zhōng lì xīn，yǐ dòng zuò zhǐ

粉白黛黑，施芳泽只。
fěn bái dài hēi，shī fāng zé zhǐ

长袂拂面，善留客只。②
cháng mèi fú miàn，shàn liú kè zhǐ

魂乎归徕！以娱昔只。③
hún hū guī lái！yǐ yú xué zhǐ

青色直眉，美目婳只。④
qīng sè zhí méi，měi mù mián zhǐ

靥辅奇牙，宜笑嘕只。⑤
yè fǔ qí yá，yí xiào xiān zhǐ

丰肉微骨，体便娟只。⑥
fēng ròu wēi gǔ，tǐ pián juān zhǐ

魂乎归徕！恣所便只。⑦
hún hū guī lái，zì suǒ pián zhǐ

夏屋广大，沙堂秀只。⑧
xià wū guǎng dà，shā táng xiù zhǐ

【注释】①易中利心：朱熹《集注》释为"皆敏慧之意"。动作：梳妆打扮。②袂：袖。③昔：一作"夕"，夜。④婳：眼睛美丽。⑤靥：酒窝。辅：脸颊。奇牙：美齿。嘕：微笑貌。⑥便娟：好貌。⑦便：安。⑧夏：大。沙堂：用朱砂涂饰门楣的厅堂。

夏屋广大，；芭兰桂树，；孔雀盈园，畜鸾皇只；鹍鸿群晨，杂鹜鸹只；鸿鹄代游，曼鹔鹴。清·门应兆

云中君　明·陈洪绶

大招

187

读经诵典　受益匪浅

nán fáng xiǎo shàn　guàn jué liù zhǐ
南房小坛，观绝霤只。①
qū wū bù yán　　yí rǎo xiù zhǐ
曲屋步壛，宜扰畜只。②
téng jià bù yóu　liè chūn yòu zhǐ
腾驾步游，猎春囿只。③
qióng gǔ cuò héng　yīng huā gǔ zhǐ
琼毂错衡，英华假只。④
chǎi lán guì shù　yù mí lù zhǐ
茝兰桂树，郁弥路只。⑤
hún hū guī lái　zì zhì lǜ zhǐ
魂乎归徕！恣志虑只。
kǒng què yíng yuán　xù luán huáng zhǐ
孔雀盈园，畜鸾皇只。⑥
kūn hóng qún chén　zá qiū cāng zhǐ
鹍鸿群晨，杂鹙鸧只。⑦
hóng hú dài yóu　màn sù shuāng zhǐ
鸿鹄代游，曼鹔鹴只。⑧
hún hū guī lái　fèng huáng xiáng zhǐ
魂乎归徕！凤皇翔只。

【注释】①坛：犹堂。观：楼台。绝：超过。霤：屋檐水。借指屋宇、房屋。②步壛：长廊。扰畜：驯养畜禽。一说扰，谨也。乘谨慎之马游观。畜，古音一作xiù，协韵。③囿：圈养动物的园林。④琼毂：以玉饰车轮。错：涂饰，镶嵌。衡：车辕前面的横木。华：花。假：通"嘏"，大。⑤弥：满。⑥畜：养。⑦鹍：鹍鸡，一种像鹤的鸟。鹙鸧：水鸟名。⑧曼：连绵不绝。鹔鹴：雁的一种，长颈绿身。鹴一作"鹴"。

楚辞

山水图之为寻松树不知远　明·邵弥

与经典同行 与圣人为伍

曼泽怡面，血气盛只。①
永宜厥身，保寿命只。
室家盈廷，爵禄盛只。②
魂乎归徕！居室定只。
接径千里，出若云只。③
三圭重侯，听类神只。④
察笃夭隐，孤寡存只。⑤
魂乎归徕！正始昆只。⑥
田邑千畛，人阜昌只。⑦

【注释】①曼泽：细腻而光亮。怡：高兴。②盈廷：盈满朝廷。③接径：地壤连接。出若云：指隐士集聚如云。④三圭：指公、侯、伯，其可执圭。重侯：指子、男。子、男共一爵，故谓重侯。听：听政。类：若。⑤笃：厚待。夭：未成年早亡。隐：疾病。一说指隐逸之士。存：抚慰，顾恤。⑥始昆：先后。始，开始。昆，俊。⑦邑：都邑。畛：田地里的小路。阜：盛。

大招

三圭重侯⋯；诸侯毕极⋯；大侯张只；执弓挟矢，揖辞让只。 清·门应兆

屈原像

189

美冒众流，德泽章只。①
先威後文，善美明只。②
魂乎归徕！赏罚当只。③
名声若日，照四海只。
德誉配天，万民理只。④
北至幽陵，南交阯只。⑤
西薄羊肠，东穷海只。⑥
魂乎归徕！尚贤士只。
發政献行，禁苛暴只。⑦
举杰压陛，诛讥罷只。⑧

【注释】①美：善。冒：泽被。众流：黎民百姓。章：明。②威：威武。文：文德。明：古音一作máng协韵。下同。③当：（赏罚）各当其所。④理：治理。⑤幽陵：犹幽州。交阯：即交趾，此指今岭南一带。⑥薄：近。羊肠：山名，在今山西境内。⑦献行：进用仁义之行。献，进。行，古音xìng。江有诰《楚辞韵读》："当作'禁暴苛只'。"⑧陛：宫殿的台阶。压陛意为官至高阶。一说压，抑也。压抑无德，不由阶次之人。诛：处罚。讥：贬谪。罷：无能。江有诰《楚辞韵读》："罷，音婆。"

九歌图之湘君　清·汪汉

直赢在位,近禹麾只。①
豪杰执政,流泽施只。
魂乎归徕!国家为只。
雄雄赫赫,天德明只。
三公穆穆,登降堂只。②
诸侯毕极,立九卿只。
昭质既设,大侯张只。③
执弓挟矢,揖辞让只。
魂乎归徕!尚三王只。④

【注释】①直赢:直节而才有馀者。②穆穆:和美貌。③昭质:指箭靶所画之地。一说指明旦,即第二天早上。侯:习射时以兽皮或布为靶子。④尚:上。上法夏、殷、周。三王:指禹、汤、周文王。

七宝天门帝女车图 清·任熊

大招

醉儒图 清·黄鼎

惜誓[①]

贾谊

【注释】①惜誓：哀惜誓约（被背弃）。

山雨欲来图　明·张路

○ 惜余年老而日衰兮,岁忽忽而不反。
登苍天而高举兮,历众山而日远。
观江河之纡曲兮,离四海之沾濡。①
攀北极而一息兮,吸沆瀣以充虚。②
飞朱鸟使先驱兮,驾太一之象舆。③
苍龙蚴虬于左骖兮,白虎骋而为右騑。④
建日月以为盖兮,载玉女于後车。⑤
驰骛于杳冥之中兮,休息乎昆仑之墟。⑥
乐穷极而不厌兮,愿从容乎神明。⑦

【注释】①纡曲:纡回,曲折。离:遭受。沾濡:沾湿。②沆瀣:夜间的水气,露水。旧谓仙人所饮。③太一:最尊贵的天神。象舆:用象牙装饰的车。④蚴虬:蛟龙屈折行动貌。右騑:指四马之左右二骖中的右骖。⑤车:古音jū,与上下文协韵。⑥驰骛:纵马急驰。墟:大丘。⑦丹水:犹赤水,传说中的水名。大夏:外国名。在西南。

九歌图　清·汪汉

涉丹水而驰骋兮，右大夏之遗风。
黄鹄之一举兮，知山川之纡曲；①
再举兮，睹天地之圜方。
临中国之众人兮，托回飙乎尚羊。②
乃至少原之野兮，赤松王乔皆在旁。③
二子拥瑟而调均兮，余因称乎清商。④
澹然而自乐兮，吸众气而翱翔。
念我长生而久仙兮，不如反余之故乡。
黄鹄后时而寄处兮，鸱枭群而制之。⑤

【注释】①黄鹄：鸟名。天鹅。或谓形如鹤，色苍黄。黄，一作"鸿"。②回飙：旋风。尚羊：同"徜徉"。③少原之野：仙人所居。赤松、王乔：赤松子、王子乔，传说中的仙人。④调均：调弦。清商：曲调名。⑤寄处：寄居栖身。鸱枭：鸱为猛禽，传说枭食母，古人以为皆恶鸟，喻奸邪恶人。一说鸱枭即猫头鹰。制：侵害。

惜誓

洞庭王妃赐予柳生珍宝　清·《聊斋图说》

神龙失水而陆居兮,为蝼蚁之所裁。①

夫黄鹄神龙犹如此兮,

况贤者之逢乱世哉。

寿冉冉而日衰兮,固僤回而不息。②

俗流从而不止兮,众枉聚而矫直。③

或偷合而苟进兮,或隐居而深藏。④

苦称量之不审兮,同权概而就衡。⑤

或推移而苟容兮,或直言之谔谔。⑥

【注释】①裁:制。②僤回:运转。③枉:邪曲。矫:纠正。④偷合:苟且聚合。苟进:钻营求上。⑤权:秤。概:斗概,量穀时用来刮平斗斛的木板。衡:平。古音一作háng,协韵。⑥推移:顺从君意。谔谔:直言的样子。

九歌图之国殇　清·汪　汉

与经典同行　与圣人为伍

伤诚是之不察兮，并纫茅丝以为索。①
方世俗之幽昏兮，眩白黑之美恶。②
放山渊之龟玉兮，相与贵夫砾石。③
梅伯数谏而至醢兮，来革顺志而用国。④
悲仁人之尽节兮，反为小人之所贼。⑤
比干忠谏而剖心兮，箕子被髪而佯狂。
水背流而源竭兮，木去根而不长。

【注释】①纫：编结绳索。王逸《楚辞章句》注："单为绳，合为索。"茅、丝：谓奸佞与忠贤。②眩：惑。③放：放弃。砾：小石砾。④梅伯：传说殷纣臣，以数谏为纣所杀。来、革：纣王重用之奸臣。顺志：从顺纣意。用国：把持国政。⑤贼：害。

惜誓

斮胫剖心图　清·《钦定书经图书》

囚奴正士图　清·《钦定书经图书》

非重躯以虑难兮,惜伤身之无功。①
已矣哉!独不见夫鸾凤之高翔兮,乃集大皇之野。②
循四极而回周兮,见盛德而後下。③
彼圣人之神德兮,远浊世而自藏。
使麒麟可得羁而系兮,④
又何以异虖犬羊?

【注释】①重躯:重视自己的身体。虑难:忧虑灾难。②集:群鸟止于树上。大皇之野:大荒之薮。一说大皇为极美。大,一作"太"。③回周:回旋,反复。④麒麟:传说中仁兽名。雄曰麒,雌曰麟,借喻杰出的人物。

山鬼睇笑拖蘭裳 清·任熊

招隐士

huái nán xiǎo shān
淮南小山

隐居图 明·王绂

读经诵典　受益匪浅

● 桂树丛生兮山之幽，
偃蹇连蜷兮枝相缭。①
山气巃嵸兮石嵯峨，②
溪谷崭岩兮水曾波。③
猿狖群啸兮虎豹嗥，④
攀援桂枝兮聊淹留。⑤
王孙游兮不归，春草生兮萋萋。⑥
岁暮兮不自聊，蟪蛄鸣兮啾啾。⑦
块兮轧，山曲岪，心淹留兮恫慌忽。⑧
罔兮沕，憭兮栗，虎豹穴。⑨

楚辞

【注释】①偃蹇、连蜷：均指蜷曲屈折之貌。缭：绕，交错。古音一作jiū，与"幽"协韵。②巃嵸：云雾弥漫的样子。嵯峨：高峻的样子。③崭岩：险峻的样子。崭，通"巉"。曾：层。④嗥：咆。⑤淹留：滞留，停留。⑥王孙：王的子孙，後泛指贵族子弟。⑦聊：古音一作liú，与"啾"协韵。蟪蛄：昆虫名，蝉的一种。⑧块轧：云气厚重广大。曲岪：山势盘曲迴转貌。恫：痛。慌忽：神智不清。⑨罔沕：丢魂失魄。沕，潜藏。憭栗：惊惧，害怕。栗，畏惧。

春游晚归图　明·仇英

与经典同行　与圣人为伍

招隐士

丛薄深林兮，人上栗。①
嵚岑碕礒兮，硱磳磈硊，②
树轮相纠兮，林木茷骫。③
青莎杂树兮，薠草靃靡，④
白鹿麏麚兮，或腾或倚。⑤
状貌崟崟兮峨峨，凄凄兮浟浟。⑥
猕猴兮熊羆，慕类兮以悲。⑦
攀援桂枝兮聊淹留。
虎豹斗兮熊羆咆，禽兽骇兮亡其曹。⑧
王孙兮归来！山中兮不可以久留。

【注释】①薄：深草曰薄。②嵚：形容山高。岑：小而高的山。碕礒：山石不平貌。硱磳：山石高危貌。磈硊：山石高险貌。③轮：横枝。纠：缠绕。茷骫：树木盘曲的样子。茷，通"菱"。④莎：草名。薠：草名，似莎而大。靃靡：草木细弱，随风披拂貌。⑤麏：獐。麚：牝鹿。⑥崟崟：高伟奇特貌。峨峨：高峻，高耸。浟浟：润泽。凄凄浟浟，毛衣若濡也。⑦羆：马熊。⑧亡曹：即离群。

九歌图　清·汪汉

若木流霞耀鸟裙　清·任　熊

七谏 qī jiàn

东方朔 dōng fāng shuò

东方朔偷桃图　明·吴伟

初放

东方朔

平生于国兮,长于原野。①
言语讷涩兮,又无强辅。②
浅智褊能兮,闻见又寡。③
数言便事兮,见怨门下。④
王不察其长利兮,卒见弃乎原野。
伏念思过兮,无可改者。⑤
群众成朋兮,上浸以惑。⑥
巧佞在前兮,贤者灭息。

【注释】①平:屈原名。国:国都。长于:长期处于。②讷涩:言语艰难。强辅:强有力的帮手。③褊:狭小,狭隘。④便事:有利于国家之事。门下:喻亲近之人。⑤伏念:心中暗想。⑥上:指国君。浸:沉迷,沉浸其中。

心狐宝髻朝紫真 清·任 熊

与经典同行　　与圣人为伍

尧舜圣已没兮,孰为忠直?
高山崔巍兮,水流汤汤。①
死日将至兮,与麋鹿同坑。
块兮鞠,当道宿,②
举世皆然兮,余将谁告?
斥逐鸿鹄兮,近习鸱枭,③
斩伐橘柚兮,列树苦桃。
便娟之修竹兮,寄生乎江潭。④

【注释】①崔巍:高貌。汤汤:大水急流貌。②块鞠:孤独困苦之状。③鸿鹄:大鸟。鸱枭:恶鸟。④便娟:轻盈美好貌。

洞天葳蕤春桃斜,明珰美人骑仙麚。清·任熊

七谏　初放

上葳蕤而防露兮,下泠泠而来风。①
孰知其不合兮?
若竹柏之异心。②
往者不可及兮,来者不可待。
悠悠苍天兮,莫我振理。③
窃怨君之不寤兮,吾独死而後已。

【注释】①葳蕤:草木茂盛。泠泠:清冷貌。风,古音扶因反,协韵下一句"心"。②若竹柏之异心:竹心空,屈原自喻志通达。柏心实,以喻君暗塞。言己性达道德,而君闭塞,其志不合,若竹柏之异心。③悠悠:忧貌。振理:去除冤屈。振,救。

北斗星高阊阖低图　清·任熊

沉江

东方朔

惟往古之得失兮，览私微之所伤。①
尧舜圣而慈仁兮，後世称而弗忘。
齐桓失于专任兮，夷吾忠而名彰。②
晋献惑于骊姬兮，申生孝而被殃。
偃王行其仁义兮，荆文寤而徐亡。③
纣暴虐以失位兮，周得佐乎吕望。
修往古以行恩兮，封比干之丘垄。④

【注释】①惟：思。览：观。私：亲近。微：奸佞小人。伤：害。②夷吾：管仲之名。管仲将死，戒桓公曰：竖刁自割，易牙烹子，此二臣者不爱其身，不慈其子，不可任也。桓公不从，使专国政。桓公卒，二子各欲立其所傅公子。诸公子并争，国乱无主，而桓公尸不棺，积六十日，虫流出户，故曰失于专任，夷吾忠而名著也。③偃王二句：指徐偃王大兴仁义，诸侯朝之三十馀国，楚文王因之兴兵灭徐。④丘垄：坟墓。传周武王封比干之坟以表彰其忠。

日献十瑞 明·《瑞世良英》

政信仁智 明·《瑞世良英》

读经诵典　受益匪浅

贤俊慕而自附兮，日浸淫而合同。①
明法令而修理兮，兰芷幽而有芳。
○ 苦众人之妒予兮，箕子寤而佯狂。
不顾地以贪名兮，心怫郁而内伤。②
联蕙芷以为佩兮，过鲍肆而失香。③
正臣端其操行兮，反离谤而见攘。
世俗更而变化兮，伯夷饿于首阳。
独廉洁而不容兮，叔齐久而逾明。④
浮云陈而蔽晦兮，使日月乎无光。

【注释】①浸淫：犹渐冉，相亲附之意。合同：会合齐同，和睦。②不顾地：言不顾楚国之地。怫郁：愤懑，心情不舒畅。③鲍肆：出售鲍鱼的商店。鲍鱼，盐渍鱼，其气腥臭。④明：古音一作máng，协韵。

楚辞

采薇图　宋·李唐

与经典同行　与圣人为伍

忠臣贞而欲谏兮，谗谀毁而在旁。
秋草荣其将实兮，微霜下而夜降。
商风肃而害生兮，百草育而不长。①
众并谐以妒贤兮，孤圣特而易伤。②
怀计谋而不见用兮，岩穴处而隐藏。
成功隳而不卒兮，子胥死而不葬。③
世从俗而变化兮，随风靡而成行。④
信直退而毁败兮，虚伪进而得当。
追悔过之无及兮，岂尽忠而有功。

【注释】①商风：西风（秋风）。肃：急貌。②谐：同。圣特：圣明特异之人。③隳：毁坏。卒：终。④靡：披靡，指草木随风散乱地倒下。

七谏 沈江

曹曹一睡希夷老，踽踽独行彭泽翁　清·任熊

废制度而不用兮，务行私而去公。
终不变而死节兮，惜年齿之未央。①
将方舟而下流兮，冀幸君之发蒙。②
痛忠言之逆耳兮，恨申子之沉江。③
愿悉心之所闻兮，遭值君之不聪。
不开寤而难道兮，不别横之与纵。
听奸臣之浮说兮，绝国家之久长。④
灭规矩而不用兮，背绳墨之正方。

【注释】①**年齿**：年岁。**未央**：未尽。②**方舟**：两船相并。大夫方舟，士特舟。方，一作"舫"。**发蒙**：启蒙，解疑。蒙，一作"矇"。③**申子**：指伍子胥，吴王曾封之于申。④**浮说**：虚浮不实的言论。

水榭凉镫送笛声图　清·任熊

与经典同行　与圣人为伍

离忧患而乃寤兮，若纵火于秋蓬。①
业失之而不救兮，尚何论乎祸凶？
彼离畔而朋党兮，独行之士其何望？②
日渐染而不自知兮，秋毫微哉而变容。③
众轻积而折轴兮，原咎杂而累重。④
赴湘沅之流澌兮，恐逐波而復东。⑤
怀沙砾而自沉兮，不忍见君之蔽壅。

【注释】①离：一作"罹"。遭，遇。蓬：蒿。秋时枯槁。②彼：指奸佞小人。离畔：离心，背叛。畔，通"叛"。③渐染：积久成习。王逸注："稍积为渐，污变为染。"秋毫：锐毛为毫，夏落秋生。④咎：过错。累重：堆积繁多，厚重。⑤流澌：江河解冻时流动的冰块。东：东入大海。

七谏 沈江

九莲地府祆神火图　清·任熊

怨 世

东方朔

● 世沉淖而难论兮,俗岭峨而蔘嵯。①
清泠泠而歼灭兮,溷湛湛而日多。②
枭鸦既以成群兮,玄鹤弭翼而屏移。③
蓬艾亲入御于床笫兮,④
马兰踸踔而日加。⑤
弃捐药芷与杜衡兮,
余奈世之不知芳何。

【注释】①沉淖:没溺。犹沉沦。岭峨:参差不齐。蔘嵯:不齐貌。嵯,古音一作cuó,与"多"协韵。今音 cī。②清泠泠:喻洁白。泠泠,清白貌。溷湛湛:喻贪浊。溷,混浊。湛湛,厚重貌。③枭、鸦:均是恶鸟。玄鹤:神话中的神鸟。弭:收敛。屏移:退隐。④笫:竹篾编的床。⑤马兰:恶草名。踸踔:同"趻踔",跳跃,此处喻暴长。《天问》:"天极焉加。"《楚辞集注》:"加,叶音基。"这里亦可协音jī。

楚关峨峨,出关马多 清·任熊

与经典同行　与圣人为伍

何周道之平易兮,然芜秽而险戏。①
高阳无故而委尘兮,唐虞点灼而毁议。②
谁使正其真是兮,虽有八师而不可为。③
● 皇天保其高兮,后土持其久。
服清白以逍遥兮,偏与乎玄英异色。④
西施媞媞而不得见兮,⑤
嫫母勃屑而日侍。⑥
桂蠹不知所淹留兮,⑦
蓼虫不知徙乎葵菜。⑧

【注释】①险戏：危险。戏（戲），通"巇"。险峻。②高阳：帝颛顼。委尘：比喻被诬谤。唐虞：陶唐氏和有虞氏，即尧舜。点：污。灼：灸烧。点灼比喻被诽谤。③八师：指先代的贤臣。④玄英：纯黑色，喻贪浊。⑤媞媞：容貌美丽。⑥嫫母：传说黄帝的次妃，极丑。勃屑：行走蹒跚之貌。⑦桂蠹：桂树上的蠹虫，喻食禄之臣。⑧蓼虫：生长在蓼草上的虫。蓼，辛菜。葵菜：叶甜美。

七谏 怨世

春人出帘花在波图　清·任熊

处溷溷之浊世兮，今安所达乎吾志。①
意有所载而远逝兮，固非众人之所识。
骥踌躇于弊辇兮，遇孙阳而得代。②
吕望穷困而不聊生兮，遭周文而舒志。③
宁戚饭牛而商歌兮，桓公闻而弗置。④
路室女之方桑兮，孔子过之以自侍。⑤
吾独乖剌而无当兮，心悼怵而耄思。⑥
思比干之伻伻兮，哀子胥之慎事。⑦
悲楚人之和氏兮，献宝玉以为石。⑧

【注释】①溷溷：昏乱浑浊。②弊辇：破车。孙阳：伯乐的姓名。③聊生：赖以维持生活。④弗置：不废置，意为起用。⑤路室：客舍。桑：采桑。自侍：意自重不乱。⑥乖剌：相背，违反，意为不得志。悼怵：悲伤恐惧。耄：指八九十岁的年纪，此引申为糊涂。⑦伻伻：忠直的样子。⑧和氏：指和氏璧之事。

人物山水图之孙阳相马 清·任熊

与经典同行　与圣人为伍

遇厉武之不察兮，羌两足以毕斩。①
小人之居势兮，视忠正之何若？
改前圣之法度兮，喜啜哜而妄作。②
亲谗谀而疏贤圣兮，
讼谓间娵为丑恶。③
愉近习而蔽远兮，孰知察其黑白？
卒不得效其心容兮，
安眇眇而无所归薄。④
专精爽以自明兮，晦冥冥而壅蔽。⑤

【注释】①羌：發语辞。厉武：指砍去卞和左右足的楚厉王和楚武王。斩：断。②啜哜：言小语谋私貌。③间娵：美女名。④眇眇：辽远，高远。薄：附。⑤精爽：精神，魂魄。

七谏 怨世

绣臂韝鹰看猎来　清·任熊

215

年既已过太半兮,然坎轲而留滞。①
欲高飞而远集兮,恐离罔而灭败。②
独冤抑而无极兮,伤精神而寿夭。③
皇天既不纯命兮,余生终无所依。
愿自沉于江流兮,绝横流而径逝。④
宁为江海之泥涂兮,
安能久见此浊世?

【注释】①太半:过半数,大多数。指年过五十。坎轲:即坎坷。②离罔:谓陷入法网。离,一作"罹"。罔,喻法。③冤抑:冤屈。④绝:自绝。径:即,就。

楚辞

纫兰撷蕙楚臣骚 清·任熊

与经典同行　与圣人为伍

怨思

东方朔

贤士穷而隐处兮，廉方正而不容。①
子胥谏而靡躯兮，比干忠而剖心。②
子推自割而饲君兮，德日忘而怨深。③
行明白而日黑兮，荆棘聚而成林。
江离弃于穷巷兮，蒺藜蔓乎东厢。④
贤者蔽而不见兮，谗谀进而相朋。⑤
枭鸮并进而俱鸣兮，凤皇飞而高翔。
愿壹往而径逝兮，道壅绝而不通。

【注释】①隐处：犹隐居。②靡躯：犹言粉身碎骨。③饲：以食食人。④江离：香草名。
⑤相朋：互相结为朋党。

弹我箜篌图　清·任熊

自悲

东方朔

居愁勤其谁告兮,独永思而忧悲。①
内自省而不惭兮,操愈坚而不衰。②
隐三年而无决兮,岁忽忽其若颓。③
怜余身不足以卒意兮,冀一见而復归。④
哀人事之不幸兮,属天命而委之咸池。⑤
身被疾而不间兮,心沸热其若汤。⑥
冰炭不可以相并兮,
吾固知乎命之不长。

【注释】①愁勤:忧苦勤劳。②惭:羞愧。衰:古音一作cuī,协韵。③颓:水往下流。④卒:尽,完成。⑤咸池:天神名。⑥间:病愈。洪兴祖补注:"间,瘳也。"瘳,病愈。

石兰插手听瓶笙 清·任熊

与经典同行　　与圣人为伍

哀独苦死之无乐兮,惜予年之未央。
悲不反余之所居兮,恨离予之故乡。
鸟兽惊而失群兮,犹高飞而哀鸣。
狐死必首丘兮,夫人孰能不反其真情?
故人疏而日忘兮,新人近而俞好。①
莫能行于杳冥兮,孰能施于无报?
苦众人之皆然兮,乘回风而远游。
凌恒山其若陋兮,聊愉娱以忘忧。②
悲虚言之无实兮,苦众口之铄金。

【注释】①俞:通"愈"。更加,越发。②凌:乘。陋:小。

七谏 自悲

禅坐矜了悟,众魔已来缘　清·任熊

过故乡而一顾兮,泣歔欷而沾衿。
厌白玉以为面兮,怀琬琰以为心。①
邪气入而感内兮,施玉色而外淫。②
何青云之流澜兮,微霜降之蒙蒙。③
徐风至而徘徊兮,疾风过之汤汤。④
闻南藩乐而欲往兮,至会稽而且止。⑤
见韩众而宿之兮,问天道之所在?⑥
借浮云以送予兮,载雌霓而为旌。⑦
驾青龙以驰骛兮,班衍衍之冥冥。⑧

【注释】①厌:通"压"。琬、琰:美玉名。②淫:润泽,光泽。③流澜:云层浓厚。蒙蒙:盛貌。④汤汤:水流大而急,此处形容风大。⑤南藩:南方的诸侯国。乐:饶乐,富饶安乐。会稽:山名,在今浙江境内。⑥韩众:传说中的仙人。天道:长生之道。⑦霓:主虹为虹,副虹为霓。⑧班衍衍:形容速度极快。

上挹仙掌浆,啸聚狐魅斟 清·任熊

与经典同行　与圣人为伍

忽容容其安之兮，超慌忽其焉如？①
苦众人之难信兮，愿离群而远举。
登峦山而远望兮，好桂树之冬荣。
观天火之炎炀兮，听大壑之波声。②
引八维以自道兮，含沆瀣以长生。③
居不乐以时思兮，食草木之秋实。
饮菌若之朝露兮，构桂木而为室。④
杂橘柚以为囿兮，列新夷与椒桢。⑤
鹍鹤孤而夜号兮，哀居者之诚贞。⑥

【注释】①容容：飞扬之貌。超：遥远。慌忽：犹迷茫。②炀：火旺。③八维：四方（东、南、西、北）和四隅（东南、西南、东北、西北）合称八维。道：一作"导"。导引。沆瀣：夜间的水气、露水。旧谓仙人所饮。④菌：菌桂的简称。若：杜若的简称。⑤列：成行成列地栽种。新夷：即辛夷。桢：女贞子。⑥鹍：鹍鸡，一种像鹤的鸟。居者：指屈原自己。

七谏 自悲

江田斜日看僧犁　清·任熊

读经诵典　受益匪浅

哀命

东方朔

哀时命之不合兮，伤楚国之多忧。①
内怀情之洁白兮，遭乱世而离尤。
恶耿介之直行兮，世混浊而不知。
何君臣之相失兮，上沅湘而分离。②
测汨罗之湘水兮，知时固而不反。③
伤离散之交乱兮，遂侧身而既远。④

【注释】①时命之不合：生不逢时。时命，时代和命运。②上：溯，即逆流而上。③测：度量水之深浅。此处指投身入江，表示自绝。④交乱：互相怨恨，喻指君臣关系。侧身：戒备，远离。

禹王治水图·杨柳青木版年画

与经典同行　与圣人为伍

处玄舍之幽门兮，穴岩石而窟伏。①
从水蛟而为徒兮，与神龙乎休息。②
何山石之崭岩兮，灵魂屈而偃蹇。③
含素水而蒙深兮，日眇眇而既远。④
哀形体之离解兮，神罔两而无舍。⑤
惟椒兰之不反兮，魂迷惑而不知路。⑥

【注释】①玄舍：暗室。穴：动词，以穴为居的意思。伏：古音一作扶习反，与"息"协韵。②徒：徒众。③崭岩：指山高而险峻的样子。偃蹇：婉转委曲，屈曲。④素水：清洁纯净的水。蒙深：盛大，繁多。⑤离解：形容精疲力尽。解，也作懈。罔两：迷茫无所依。舍：止。⑥椒兰：子椒和子兰，楚国的两个佞臣。

七谏　哀命

九歌图之湘君　南宋·无款

愿无过之设行兮,虽灭没之自乐。①
痛楚国之流亡兮,哀灵修之过到。②
固时俗之混浊兮,志瞀迷而不知路。③
念私门之正匠兮,遥涉江而远去。④
念女婴之婵媛兮,涕泣流乎於悒。⑤
我决死而不生兮,虽重追吾何及。⑥
戏疾濑之素水兮,望高山之蹇产。⑦
哀高丘之赤岸兮,遂没身而不反。⑧

【注释】①设行:施行。指按自己的设想而行动。②过到:过错造成的。③瞀迷:心中烦乱迷茫。④私门:权门,指掌权的奸佞之人。匠:教化。⑤女婴:旧注多指屈原的姐姐,也可作广义的女性来理解。婵媛:牵挂不舍的样子。於悒:忧悒郁结,哽咽。⑥重追:再三追忆思考。⑦濑:流速很快的水。蹇产:迂回、曲折的样子。⑧赤岸:本义指极南之地,用以比喻朝廷之中的危险境地。没身:投身江中。没,一作"殁"。

姽嫿军容效洗梁 清·任熊

与经典同行　与圣人为伍

谬谏^①

东方朔

- 怨灵修之浩荡兮，夫何执操之不固？②
  悲太山之为隍兮，孰江河之可涸？③
  愿承闲而效志兮，恐犯忌而干讳。④
  卒抚情以寂寞兮，然怊怅而自悲。⑤
  玉与石其同匮兮，贯鱼眼与珠玑。⑥
  驽骏杂而不分兮，服罢牛而骖骥。⑦
  年滔滔而自远兮，寿冉冉而愈衰。⑧

【注释】①谬谏：狂者之言为谬，此为作者自谦的说法。②操：志。固：坚。③太山：即泰山。隍：城下池。《说文》：城池有水曰池，无水曰隍。④承：通"乘"，趁着。干：触。所畏为忌，所隐为讳。⑤怊怅：愤愤不平的样子。⑥匮：匣子。玑：指不圆的珠子。⑦驽：劣马。骏：良马。服罢牛：服，驾车时位于中间的马。罢牛，疲惫的老牛。即把疲惫的老牛也驾在车当中。骖：驾车时位于两旁的马。⑧滔滔：行貌。衰：古音一作cuī，协韵。

宝此龙篆书，待籍灵霄宫　清·任熊

七谏　谬谏

读经诵典　受益匪浅

心惇憛而烦冤兮，蹇超摇而无冀。①
固时俗之工巧兮，灭规矩而改错。②
却骐骥而不乘兮，策驽骀而取路。③
当世岂无骐骥兮，诚无王良之善驭。④
见执辔者非其人兮，故駉跳而远去。⑤
不量凿而正枘兮，恐矩矱之不同。⑥
不论世而高举兮，恐操行之不调。⑦
弧弓弛而不张兮，孰云知其所至？⑧

【注释】①悇憛：忧愁的样子。蹇：發语辞。超摇：不安。冀：希望。②错：古音一作cù，协韵。③骀：劣马。④王良：人名，春秋时著名的善于驾驭之人。⑤駉跳：跳跃。⑥矩矱：量度的工具。本处指尺寸。⑦调：和。⑧弛：解。

楚辞

隐居十六观图之啜句　明·陈洪绶

与经典同行　与圣人为伍

无倾危之患难兮,焉知贤士之所死?
俗推佞而进富兮,节行张而不著①。
贤良蔽而不群兮,朋曹比而党誉②。
邪说饰而多曲兮,正法弧而不公③。
直士隐而避匿兮,谗谀登乎明堂。
弃彭咸之娱乐兮,灭巧倕之绳墨④。
菎蕗杂于黀蒸兮,机蓬矢以射革⑤。
驾蹇驴而无策兮,又何路之能极⑥?
以直针而为钓兮,又何鱼之能得?

七谏　谬谏

【注释】①张而不著:张,推广。著,显著。指不能推广發扬。②朋曹:奸佞之人。比:勾结。党誉:相互吹捧。③弧:违反,违背。④弃彭咸句:意为抛弃彭咸的清廉品行,而行贪佞之风。巧倕:传说中的巧匠。⑤菎蕗:二者皆为竹子的品种。黀蒸:麻秸。古时用作燃料或照明。黀,麻秆。机:弩机。弓上發箭的装置。蓬矢:用蓬蒿做的箭。⑥蹇:跛脚。策:马鞭。极:竟。

相对有良友,如何不抚琴　清·任熊

伯牙之绝弦兮,无钟子期而听之。
和抱璞而泣血兮,安得良工而剖之?①
同音者相和兮,同类者相似。
飞鸟号其群兮,鹿鸣求其友。
故叩宫而宫应兮,弹角而角动。②
虎啸而谷风至兮,龙举而景云往。③
音声之相和兮,言物类之相感也。④
夫方圆之异形兮,势不可以相错。
列子隐身而穷处兮,世莫可以寄托。⑤

【注释】①和:卞和。②宫、角:古代五音音名。③景云:《楚辞章句》:"景云,大云而有光者。"④音声:古人将简单的发音叫作声,由声组成有节奏的音乐,叫作音。⑤列子:即列御寇,战国时郑国人。

伯牙鼓琴图　元·王振鹏

与经典同行　与圣人为伍

众鸟皆有行列兮,凤独翔翔而无所薄。①
经浊世而不得志兮,愿侧身岩穴而自托。②
欲阖口而无言兮,尝被君之厚德。③
独便悁而怀毒兮,愁郁郁之焉极?④
念三年之积思兮,愿一见而陈辞。
不及君而骋说兮,世孰可为明之?⑤
身寝疾而日愁兮,情沈抑而不扬。⑥
众人莫可与论道兮,悲精神之不通。

【注释】①翔翔:一本作翱翔。薄:附。②托:托身,此处指隐居。③阖:闭。尝:曾经。④便悁:忧愁。⑤骋说:尽情陈说。⑥寝疾:卧病在床。

七谏　谬谏

三更车子内家出,中官笼灯拥骓卒　清·任熊

乱曰：鸾皇孔凤日以远兮，畜凫驾鹅。①

鸡鹜满堂坛兮，蛙黾游乎华池。②

要褭奔亡兮，腾驾橐驼。③

铅刀进御兮，遥弃太阿。④

拔搴玄芝兮，列树芋荷。⑤

橘柚萎枯兮，苦李旖旎。⑥

甂瓯登于明堂兮，周鼎潜乎深渊。⑦

自古而固然兮，吾又何怨乎今之人。

【注释】①乱：这是《七谏》全篇的结尾。孔：孔雀。②鹜：鸭。堂坛：堂，殿堂。坛，庭院。蛙黾：蛙和黾皆指青蛙。③要褭：古代的骏马。橐驼：兽名，即骆驼。④太阿：古代利剑名。⑤搴：拔取。玄芝：传说中的灵草。芋荷：即芋艿。植物名。古代也称蹲鸱。叶柄可作猪饲料。地下块茎可供食用。⑥旖旎：形容茂盛的样子。⑦甂瓯：盆盂一类的瓦器。

孔雀下跕银泥裙图 清·任熊

哀时命①

严忌

溪山绝尘图 明·吴彬

哀时命之不及古人兮，
夫何予生之不遘时！②
往者不可扳援兮，来者不可与期。③
志憾恨而不逞兮，杼中情而属诗。④
夜炯炯而不寐兮，怀隐忧而历兹。⑤
心郁郁而无告兮，众孰可与深谋！
欿愁悴而委惰兮，老冉冉而逮之。⑥
居处愁以隐约兮，志沉抑而不扬。⑦
道壅塞而不通兮，江河广而无梁。⑧

【注释】①时命：命运。②遘时：逢时。③扳：同"攀"，引。④志：心中。憾：恨。逞：称心如意。杼：一作"抒"。属：续。⑤炯炯：多用于形容目光明亮。也同"耿耿"，形容有心事。隐：痛。⑥欿：愁苦的样子。委惰：懈倦。逮：到、至。⑦隐约：暗藏着。⑧梁：桥梁。

袒裸坐男妇，盲歌陈缶匏　清·任　熊

与经典同行　与圣人为伍

愿至昆仑之悬圃兮，采钟山之玉英。①
揽瑶木之橝枝兮，望阆风之板桐。②
弱水汩其为难兮，路中断而不通。③
势不能凌波以径度兮，④
又无羽翼而高翔。
然隐悯而不达兮，独徙倚而彷徉。⑤
怅惝罔以永思兮，心纡轸而增伤。⑥
倚踌躇以淹留兮，日饥馑而绝粮。⑦
廓抱景而独倚兮，超永思乎故乡。⑧
廓落寂而无友兮，谁可与玩此遗芳？⑨

哀时命

【注释】①悬圃：传说中神仙所居之地。钟山：昆仑山的别称。玉英：玉之花，此处泛指美玉。英，古音一作yāng，协韵。②橝：通"覃"，长。阆风、板桐：皆为山名。③弱水：神话中的河流名。汩：治理，疏通。④度：通"渡"。⑤隐悯：隐居而神伤。彷徉：徘徊、游荡。⑥惝罔：怅惘失意的样子。纡轸：愁思郁结而心痛。⑦踌躇：犹豫徘徊。⑧廓抱景：空守着影子。廓，空。景，影子。⑨廓落：空旷，寂寞。

归去来辞之临清流而赋诗　明·李在

白日晼晚其将入兮,哀余寿之弗将。①
车既弊而马罢兮,蹇邅徊而不能行。②
身既不容于浊世兮,不知进退之宜当。
冠崔嵬而切云兮,剑淋离而从横。③
衣摄叶以储与兮,左袪挂于榑桑;④
右衽拂于不周兮,六合不足以肆行。⑤
上同凿枘于伏戏兮,⑥
下合矩矱于虞唐。
愿尊节而式高兮,志犹卑夫禹、汤。⑦

【注释】①晼晚:日将暮,迟暮。②蹇:滞留。邅徊:徘徊不前。行:古音一作háng,协韵。下同。③淋离:长貌也。从横:纵横交错,此处形容长剑左右摆动。横,古音亦作háng,协韵。④摄叶、储与:形容衣服长且大,不得舒展,深喻德能弘广,不得施用。袪:衣袖。榑桑:同"扶桑",植物名。⑤不周:神话中的山名。六合:指天地四方。⑥伏戏:即伏羲。⑦式:以……为标准。

长髯壮士拔剑舞,窄袖吴儿能挝鼓
清·任 熊

与经典同行 与圣人为伍

虽知困其不改操兮,终不以邪枉害方。
世并举而好朋兮,壹斗斛而相量。
众比周以肩迫兮,贤者远而隐藏。①
为凤皇作鹑笼兮,虽翕翅其不容。②
灵皇其不寤知兮,焉陈词而效忠?③
俗嫉妒而蔽贤兮,孰知余之从容?
愿舒志而抽冯兮,庸讵知其吉凶?④
璋珪杂于甑窐兮,陇廉与孟娵同宫。⑤
举世以为恒俗兮,固将愁苦而终穷。

【注释】①比周:结党营私。比,亲。周,合。肩迫:并肩。②翕:合拢。③寤知:觉悟,醒悟。④抽冯:抒发愤懑之情。庸讵:凭什么。⑤璋珪:美玉名。甑:蒸饭用的瓦罐。窐:孔洞。陇廉:丑妇名。孟娵:美女名。

哀时命

猛虎磨牙当殿立,媱魔含睇出花来 清·任熊

读经诵典　受益匪浅

幽独转而不寐兮,惟烦懑而盈匈。①
魂眇眇而驰骋兮,心烦冤之忡忡。②
志欿憾而不憺兮,路幽昧而甚难。③
块独守此曲隅兮,然欿切而永叹。④
愁修夜而宛转兮,气涫灊其若波。⑤
握剞劂而不用兮,操规矩而无所施。⑥
骋骐骥于中庭兮,焉能极夫远道?
置猨狖于櫺槛兮,夫何以责其捷巧?⑦
驷跛鳖而上山兮,吾固知其不能升。⑧
释管晏而任臧获兮,何权衡之能称?⑨

【注释】①盈匈:充满胸膛。匈,同"胸"。②忡忡:忧虑的样子。③欿憾:未得到满足,引以为恨。憺:安心。④块:孤独。欿切:愁苦,痛切。⑤涫灊:沸腾。波:叶补基反。⑥剞劂:雕刻用刀。⑦猨狖:猿猴。櫺槛:用栏杆围成的围圈。櫺,同"棂",旧式窗户的格子。⑧驷:驾。跛鳖:瘸腿的鳖。亦泛指鳖。鳖行动迟缓,故称。⑨释:弃用。臧获:古时对奴卑的贱称,泛指天下卑贱之人。权:称锤。衡:称杆。

楚辞

归去来辞之或棹孤舟图　明·夏芷

与经典同行　与圣人为伍

箟簬杂于蘘蒸兮，机蓬矢以射革。
负檐荷以丈尺兮，欲伸要而不可得。①
外迫胁于机臂兮，上牵联于矰隹。②
肩倾侧而不容兮，固陿腹而不得息。③
务光自投于深渊兮，不获世之尘垢。④
孰魁摧之可久兮，愿退身而穷处。⑤
凿山楹而为室兮，下被衣于水渚。⑥
雾露濛濛其晨降兮，云依斐而承宇。⑦
虹霓纷其朝霞兮，夕淫淫而淋雨。

【注释】①檐：荷。丈尺：形容活动范围狭小。②机臂：指弩身。矰隹：射鸟用的系有绳子的短箭。隹，同"弋"。③肩倾侧：侧身，形容卑躬屈膝的样子。本处指受委屈。陿腹：吸气收腹。陿，同"狭"。④务光：古时一位清白之士，因言不见用而自投渊而死。⑤魁摧：独处忧愁。⑥山楹：山中的石柱。楹，柱子。⑦依斐：又作斐斐，形容云的样子。宇：屋檐。

哀时命

涧门通石梁，独行一樵者　清·任熊

怊茫茫而无归兮,怅远望此旷野。
下垂钓于溪谷兮,上要求于仙者。①
与赤松而结友兮,比王侨而为耦。②
使枭杨先导兮,白虎为之前後。③
浮云雾而入冥兮,骑白鹿而容与。
魂眐眐以寄独兮,汩徂往而不归。④
处卓卓而日远兮,志浩荡而伤怀。⑤

【注释】①要求:要约,集结。②耦:二人为耦。③枭杨:亦称枭羊,山神名,即狒狒。④眐眐:一作"眰眰"。独行貌。⑤卓卓:高远的样子。

人物山水图之伍员吹箫　清·任熊

与经典同行　与圣人为伍

鸾凤翔于苍云兮,故矰缴而不能加。①
蛟龙潜于旋渊兮,身不挂于罔罗。②
知贪饵而近死兮,不如下游乎清波。
宁幽隐以远祸兮,孰侵辱之可为。
子胥死而成义兮,屈原沉于汨罗。
虽体解其不变兮,岂忠信之可化?
志怦怦而内直兮,履绳墨而不颇。③

【注释】①矰缴:同"矰弋"。系有丝绳用以射鸟的短箭。②旋渊:指深渊。罔罗:即罗网。罔,通"网"。③颇:偏。

哀时命

菱女舣鸼船,赤臂骭如束　清·任　熊

239

执权衡而无私兮,称轻重而不差。
摡尘垢之枉攘兮,除秽累而反真。①
形体白而质素兮,中皎洁而淑清。②
时厌饫而不用兮,且隐伏而远身。③
聊窜端而匿迹兮,嗼寂默而无声。④
独便悁而烦毒兮,焉发愤而抒情。⑤
时暧暧其将罢兮,遂闷叹而无名。⑥

【注释】①摡:通"溉",洗涤。枉攘:纷乱的样子。②中:指内心。③厌饫:饮食饱足。④窜端:将头绪隐藏起来。嗼:通"默",静寂无声。⑤便悁:忧愁,苦闷。⑥暧暧:天色昏暗。

刚听一曲江南好,催上毘陵送别船　清·任　熊

与经典同行　与圣人为伍

伯夷死于首阳兮，卒夭隐而不荣。①
太公不遇文王兮，身至死而不得逞。
怀瑶象而佩琼兮，愿陈列而无正。②
生天地之若过兮，忽烂漫而无成。③
邪气袭余之形体兮，疾憯怛而萌生。④
愿一见阳春之白日兮，恐不终乎永年。

【注释】①夭隐：早死。②无正：无人评正是非。③过：匆匆过客。烂漫：消散。④袭：及。疾：病。憯怛：惨痛与悲伤。

哀时命

小隔纱窗翦翠茸　清·任熊

夏山高隐图 元·王蒙

九怀

王褒

千岩万壑图 佚名

匡(kuāng) 机(jī)

王褒(wáng bāo)

○ 极(jí)运(yùn)兮(xī)不(bú)中(zhòng),来(lái)将(jiāng)屈(qū)兮(xī)困(kùn)穷(qióng)。①
余(yú)深(shēn)愍(mǐn)兮(xī)惨(cǎn)怛(dá),愿(yuàn)一(yí)列(liè)兮(xī)无(wú)从(cóng)。②
乘(chéng)日(rì)月(yuè)兮(xī)上(shàng)征(zhēng),顾(gù)游(yóu)心(xīn)兮(xī)鄗(hào)丰(fēng)。③
弥(mí)览(lǎn)兮(xī)九(jiǔ)隅(yú),彷(páng)徨(huáng)兮(xī)兰(lán)宫(gōng)。④
芷(zhǐ)闾(lú)兮(xī)药(yào)房(fáng),奋(fèn)摇(yáo)兮(xī)众(zhòng)芳(fāng)。⑤
菌(jùn)阁(gé)兮(xī)蕙(huì)楼(lóu),观(guàn)道(dào)兮(xī)纵(zòng)横(háng)。⑥

【注释】①极：穷尽。运：转动,迁徙。②愍：同"悯",怜惜。一列：全部叙说出来。③顾：眷顾。鄗丰：周武王的都城,位于今陕西省长安县。鄗,同"镐"。丰,周文王的都城,位于今陕西省户县。④弥：遍。九隅：指九州。兰宫：长满兰草的宫殿。⑤奋摇：各种花草蓬勃生长,竞相开放。⑥菌：通"箘",一种香木,又被称做薰草。横：一说亦音háng,协韵。

十二曲琼钩,文梁燕子楼 清·任熊

与经典同行　与圣人为伍

宝金兮委积，美玉兮盈堂。①
桂水兮潺湲，扬流兮洋洋。
蓍蔡兮踊跃，孔鹤兮回翔。②
抚槛兮远望，念君兮不忘。
怫郁兮莫陈，永怀兮内伤。③

【注释】①委积：四处堆放。②蓍蔡：老神龟。回翔：回旋，飞翔。③怫郁：愤闷而忧愁。

九怀匡机

风采濯秋箖　清·任熊

读经诵典　受益匪浅

通 路

王褒

天门兮地户，孰由兮贤者？
无正兮溷厕，怀德兮何睹？①
假寐兮愍斯，谁可与兮寤语？②
痛凤兮远逝，畜鴡兮近处。③
鲸鲟兮幽潜，从虾兮游渚。④
乘虬兮登阳，载象兮上行。⑤

【注释】①无正：没人知道自己的才能，而评论是非。溷厕：错乱混杂不清。厕，杂。②寤语：本义为醒着时说话，引申为日夜相处。③畜：养。鴡：通"鷃"，小鸟，燕雀。④鲟：一作"鳣"。一种大鱼。从虾：小鱼虾。⑤虬：古神话中有角的小龙，即虬龙。行：古音一作háng，协韵。

风雨归舟　清·袁耀

楚辞

与经典同行　　与圣人为伍

朝发兮葱岭,夕至兮明光。①
北饮兮飞泉,南采兮芝英。②
宣游兮列宿,顺极兮彷徉。③
红采兮骍衣,翠缥兮为裳。④
舒佩兮綝纚,竦余剑兮干将。⑤

【注释】①葱岭:古代对今帕米尔高原和昆仑山、天山西段的统名。地势极高,有世界屋脊之称。明光:指神话中昼夜常明的丹丘。②芝英:灵芝的花朵。英,古音一作yāng,协韵。③宣游:遍游。顺:围绕。极:北极。④骍:本义为红色的马,此处作形容词,红色的。缥:青白色的丝织物。⑤綝纚:指所佩之玉下垂的样子。竦:恭敬。此处指拿着。

九怀　通路

扇光邀月满,山影人尊多　　清·任　熊

读经诵典　受益匪浅

腾蛇兮後从，飞駏兮步旁。①
微观兮玄圃，览察兮瑶光。②
启匮兮探筴，悲命兮相当。③
纫蕙兮永辞，将离兮所思。④
浮云兮容与，道余兮何之？⑤
远望兮仟眠，闻雷兮阗阗。⑥
阴忧兮感余，惆怅兮自怜。⑦

【注释】①**腾蛇**：一种会飞的蛇，外形与龙相似。**飞駏**：又名駏驉，神话中一种外形似马的动物。②**微观**：暗暗地仔细观察。**玄圃**：相传昆仑山顶，有金台五所，玉楼十二，为神仙所居。**瑶光**：北斗七星中第七颗星的名称。③**匮**：大型藏物器。後多作櫃（柜）。④**纫蕙**：将香蕙草穿连在一起。⑤**道**：同"导"，引导。⑥**仟眠**：昏暗不明的样子。**阗阗**：形容雷声之大。⑦**感**：通撼，震动。

楚辞

宋儒诗意图　清·华嵒

危俊

王褒

林不容兮鸣蜩,余何留兮中州?①
陶嘉月兮总驾,搴玉英兮自修。②
结荣茝兮逶逝,将去烝兮远游。③
径岱土兮魏阙,历九曲兮牵牛。④
聊假日兮相佯,遗光耀兮周流。⑤
望太一兮淹息,纡余辔兮自休。⑥
晞白日兮皎皎,弥远路兮悠悠。⑦

【注释】①蜩:蝉。②陶:欢喜,欢庆。嘉月:吉祥、喜庆的日子。总驾:将车辆集合在一起。搴:采撷。③结荣茝:用花草做带子将信束起。逶逝:远逝。烝:此处指君王。④岱:泰山。魏阙:指皇宫门外悬挂法令的地方。牵牛:星名,即河鼓,俗称牛郎星,隔银河与织女星相对。⑤相佯:亦作相羊,即徘徊、游荡。遗光:即馀光。⑥太一:指太一星。纡:屈曲,系结,此指将马的缰绳拴上。⑦晞:晨晞,早晨的阳光。

忘却芦花丛里宿 清·袁耀

顾列孛兮缥缥，观幽云兮陈浮。①
钜宝迁兮砏磤，雉咸雊兮相求。②
泱莽莽兮究志，惧吾心兮懤懤。③
步余马兮飞柱，览可与兮匹俦。④
卒莫有兮纤介，永余思兮怵怵。⑤

【注释】①列孛：指慧星。缥缥：通"飘飘"，轻盈飞舞的样子。浮：古音一作fóu，协韵。②钜宝：鸡头人身的神，又名天宝。砏磤：石头相撞发出的声响。雉：野鸡。雊：野鸡叫。③泱莽莽：辽阔广大貌。懤懤：愁苦的样子。④飞柱：神山名。匹俦：伴侣。⑤纤介：细微。怵怵：忧伤的样子。

立马看秋山图　清·袁　耀

与经典同行 与圣人为伍

昭世（zhāo shì）

王褒（wáng bāo）

● 世溷兮冥昏，违君兮归真。①
乘龙兮偃蹇，高回翔兮上臻。②
袭英衣兮缇缛，披华裳兮芳芬。③
登羊角兮扶舆，浮云漠兮自娱。④
握神精兮雍容，与神人兮相胥。⑤
流星坠兮成雨，进瞵盼兮上丘墟。⑥
览旧邦兮滃郁，余安能兮久居。⑦

【注释】①违君：离开君王。②偃蹇：高傲，高高在上的样子。臻：至，到达。③缇缛：形容色彩鲜艳。缇，原指黄赤色丝织品。缛，麻织的衣服。④羊角：形容旋风如羊角形状。扶舆：即扶摇，随风盘旋而上的样子。云漠：天上的垂云和大漠交接之处。极言其辽远。⑤神精：即精神。相胥：互相帮助。⑥瞵盼：左顾右盼。瞵，看。⑦滃郁：云气迷濛的样子。

九歌图之大司命 明·杜堇

读经诵典　受益匪浅

志怀逝兮心懰慄，纡余辔兮踌躇。①
闻素女兮微歌，听王后兮吹竽。②
魂凄怆兮感哀，肠回回兮盘纡。③
抚余佩兮缤纷，高太息兮自怜。④
使祝融兮先行，令昭明兮开门。⑤
驰六蛟兮上征，竦余驾兮入冥。⑥
历九州兮索合，谁可与兮终生？⑦
忽反顾兮西圃，睹轸丘兮崎倾。⑧
横垂涕兮泫流，悲余后兮失灵。⑨

【注释】①懰慄：悲怆，悲伤。纡：系结，垂挂。②素女：神女名。微歌：轻声唱歌。王后：指伏妃。③回回：迂回曲折，形容愁肠寸断。④高太息：深深地长叹。⑤祝融、昭明：神名，即火神和炎神。⑥竦：跳，腾飞。⑦索合：寻求志同道合之士。⑧西圃：西方的园圃。圃，动物园。轸丘：高大险峻的山。崎倾：形容山之崎岖险要。⑨泫流：眼泪泫然而下。泫，水滴下的样子。

祝融像　明·蒋应镐

与经典同行 与圣人为伍

尊嘉

王褒

○ 季春兮阳阳,列草兮成行。①
余悲兮兰悴,委积兮纵横。②
江离兮遗捐,辛夷兮挤臧。③
伊思兮往古,亦多兮遭殃。
伍胥兮浮江,屈子兮沉湘。
运余兮念兹,心内兮怀伤。④
望淮兮沛沛,滨流兮则逝。⑤

【注释】 ①季春:阴历三月,春天之末。阳阳:风和日丽的样子。②悴:凋零、憔悴。悴,一作"萃",一作"生"。横:古音亦音háng,协韵。③江离:即蘼芜,一种香草。此处喻忠诚之士。遗捐:遗弃;捐弃。辛夷:一种香木。挤臧:排挤、隐藏。④运余:转念想到自身。兹:此。⑤沛沛:充沛,水势浩大的样子。滨:靠近、临近。即站在(水边)。

平湖清涨图 清·袁耀

九怀尊嘉

253

榜舫兮下流，东注兮磕磕。①
蛟龙兮导引，文鱼兮上濑。②
抽蒲兮陈坐，援芙蕖兮为盖。③
水跃兮余旌，继以兮微蔡。④
云旗兮电骛，倏忽兮容裔。⑤
河伯兮开门，迎余兮欢欣。
顾念兮旧都，怀恨兮艰难。
窃哀兮浮萍，泛淫兮无根。⑥

【注释】①榜舫：即乘船。榜，船桨，此处作动词，乘坐。磕磕：水与石撞击發出的声音。②文鱼：身上有花纹的鱼。濑：急速的水流。③抽蒲：抽拔蒲草。王逸《楚辞章句》："拔草为席，处薄单也。"援芙蕖兮为盖：引取荷花以覆身。④微蔡：小草。⑤电骛：风驰电掣般前进。容裔：形容高低起伏的样子。⑥泛淫：随波飘流的样子。

河伯图　元·张渥

蓄英

王褒

秋风兮萧萧,舒芳兮振条。①
微霜兮眇眇,病殀兮鸣蜩。②
玄鸟兮辞归,飞翔兮灵丘。③
望溪兮瀚郁,熊罴兮呴嗥。④
唐虞兮不存,何故兮久留?
临渊兮汪洋,顾林兮忽荒。

【注释】①舒芳:使花草舒展、摇动,四处飘香。振条:使树的枝条随风飘动。②眇眇:渺小、微小。病殀:蜷曲、萎缩。③玄鸟:本处指燕子,其背部羽毛黑色,故称之为玄鸟。灵丘:神山。④呴:同"吼"。

海屋沾筹图 清·袁江

修余兮袿衣，骑霓兮南上。①
乘云兮回回，亹亹兮自强。②
将息兮兰皋，失志兮悠悠。③
蕡蕴兮霉黧，思君兮无聊。④
身去兮意存，怆恨兮怀愁。

【注释】①袿衣：妇女上衣。上宽下窄，状如刀圭。②回回：纡曲。引申为心乱貌。亹亹：勤勉不倦貌。③皋：水边的高地。失志：失去志向。也可作失意讲。④蕡蕴：蓄积、累积。霉黧：垢黑的样子。霉，物中久雨青黑。聊：古音一作 liú，协韵。

琴高跨鲤图　清·马骀

王乔跨鹤图　清·马骀

思忠 sī zhōng

王褒 wáng bāo

登九灵兮游神,静女歌兮微晨。①
悲皇丘兮积葛,众体错兮交纷。②
贞枝抑兮枯槁,枉车登兮庆云。③
感余志兮惨慄,心怆怆兮自怜。
驾玄螭兮北征,向吾路兮葱岭。④
连五宿兮建旄,扬氛气兮为旌。⑤
历广漠兮驰骛,览中国兮冥冥。⑥

【注释】①九灵:九天。游神:放松精神。微晨:黎明。②皇丘:大山。③贞:正。抑:俯,低下。庆云:祥云。④玄螭:指山神。螭,传说中无角的龙。⑤五宿:五星宿。旄:竿顶用牦牛尾饰的旗。氛:同"雰",云气。⑥驰骛:驰骋。

仿古山水图之春游晚归 清·上睿

读经诵典　受益匪浅

玄武步兮水母，与吾期兮南荣。①
登华盖兮乘阳，聊逍遥兮播光。②
抽库娄兮酌醴，援瓟瓜兮接粮。③
毕休息兮远逝，發玉轫兮西行。④
惟时俗兮疾正，弗可久兮此方。⑤
寤辟摽兮永思，心怫郁兮内伤。⑥

【注释】①玄武：指乌龟。水母：指水神。南荣：南方。②华盖：星名，包含北斗七星等。乘阳：上天。③库娄：星名，也称库楼。瓟瓜：此处为星名。瓟，一作"匏"。④轫：制止车轮转动的木头。行：古音一作háng，协韵。⑤疾：憎恨。⑥辟摽：抚心捶胸，极度忧伤时的动作。辟，通"擗"。

楚辞

溪堂诗思图　清·王翚

与经典同行　与圣人为伍

陶壅（táo yōng）

王褒（wáng bāo）

○ 览杳杳兮世惟，余惆怅兮何归？①
伤时俗兮溷乱，将奋翼兮高飞。
驾八龙兮连蜷，建虹旌兮威夷。②
观中宇兮浩浩，纷翼翼兮上跻。③
浮溺水兮舒光，淹低徊兮京沶。④
屯余车兮索友，睹皇公兮问师。⑤
道莫贵兮归真，羡余术兮可夷。⑥

【注释】①杳杳：深远，可引申为幽暗之意。世惟：世人的思想。②威夷：同逶迤、委蛇。③中宇：即宇宙、天下。翼翼：健壮的样子。跻：上升。④溺水：即弱水。舒光：焕发光彩。京沶：即高洲。京，高冈。沶，同"坻"，水中小洲或高地。⑤皇公：天帝。⑥夷：喜。

夏后启　明·蒋应镐

九怀　陶壅

楚辞

吾乃逝兮南娭，道幽路兮九疑。①
越炎火兮万里，过万首兮嶷嶷。②
济江海兮蝉蜕，绝北梁兮永辞。③
浮云郁兮昼昏，霾土忽兮塺塺。④
息阳城兮广夏，衰色罔兮中怠。⑤
意晓阳兮燎寤，乃自诊兮在兹。⑥
思尧舜兮袭兴，幸咎繇兮获谋。⑦
悲九州兮靡君，抚轼叹兮作诗。⑧

【注释】①娭：同"嬉"，嬉戏、游戏。九疑：九嶷山，又名苍梧山，位于湖南省宁远县。②万首：海中山名。嶷嶷：高峻的样子。③梁：桥梁。④霾：大风杂尘土而下。塺塺：尘土飞扬的样子。⑤阳城：春秋时楚国属地。广夏：即广厦，大屋。⑥燎寤：即憭悟，明白、理解。诊：视。⑦袭兴：相继兴盛。⑧靡：没有。

海峤春华图　清·袁　耀

与经典同行　与圣人为伍

株昭（zhū zhāo）

王褒（wáng bāo）

悲哉于嗟兮，心内切磋。①
款冬而生兮，凋彼叶柯。②
瓦砾进宝兮，捐弃随和。③
铅刀厉御兮，顿弃太阿。④
骥垂两耳兮，中坂蹉跎。⑤
蹇驴服驾兮，无用日多。

【注释】①切磋：本义指雕刻骨器、象牙，引申为相互讨论、修正，此处比喻内心如刀在切磋一样疼痛。②款冬：多年生草本植物，极耐寒，开花最早，以其凌寒叩冰而生，故名款冬。款，叩。③随：同"隋"，隋侯之珠。和：和氏璧。④铅刀：不锋利的刀，比喻无才之人。厉：磨砺。御：进用。顿：同"钝"，不锋利。太阿：宝剑名。⑤坂：山坡。蹉跎：摔倒。

九怀　株昭

五马图　宋·李公麟

修洁处幽兮,贵宠沙麼。①

凤皇不翔兮,鹑鹌飞扬。

乘虹骖蜺兮,载云变化。

鹪鹏开路兮,後属青蛇。②

步骤桂林兮,超骧卷阿。③

丘陵翔舞兮,溪谷悲歌。

神章灵篇兮,赴曲相和。④

余私娱兹兮,孰哉復加。

【注释】①沙麼:即摩挲,用手抚摸。亲昵、亲近之意。②鹪鹏:类似凤凰的一种鸟。属:紧随。③步骤:步,慢走。骤,快速行走。超骧:腾跃而前貌。卷阿:险峻的高山。④赴曲:一起奏乐。

万古名山斗室春图　清·任　熊

与经典同行　与圣人为伍

还顾世俗兮，坏败罔罗。
卷佩将逝兮，涕流滂沱。①
乱曰：皇门开兮照下土，
株秽除兮兰芷睹。②
四佞放兮后得禹，圣舜摄兮昭尧绪，③
孰能若兮愿为辅？

【注释】①滂沱：同"滂沱"，本义指雨下得很大，此处形容泪如雨下。②株秽：肮脏邪恶的东西。③四佞：指尧的四个佞臣：驩兜、共工、苗、鲧。绪：同"绩"，事业，功业。

九怀 株昭

夏禹王像　宋·马麟

舜像

秋林觅句图　明·万邦治

九叹
jiǔ tàn

刘 向
liú xiàng

溪亭逸思图 明·谢时臣

逢纷

刘 向

伊伯庸之末胄兮,谅皇直之屈原。①
云余肇祖于高阳兮,惟楚怀之婵连。②
原生受命于贞节兮,鸿永路有嘉名。③
齐名字于天地兮,并光明于列星。
吸精粹而吐氛浊兮,横邪世而不取容。④
行叩诚而不阿兮,遂见排而逢谗。⑤
后听虚而黜实兮,不吾理而顺情。⑥
肠愤悁而含怒兮,志迁蹇而左倾。⑦

【注释】①伯庸：屈原父亲的字。参见《离骚》。末胄：衣服的下角,引申为後代。谅：确实,的确。②肇祖：始祖。高阳：颛顼帝的别号。婵连：同为族亲。指屈原和楚王同为高阳的後裔。③鸿：大。永：长。路：道。④精粹：指天气之地的清明之气。⑤叩诚：真诚,诚恳。见：被。⑥黜实：排斥诚实的人。⑦悁：怨恨。迁蹇：委屈的样子。

人物图之易水寒 明·陈洪绶

与经典同行　与圣人为伍

心懔慌其不我与兮，躬速速其不吾亲。①
辞灵修而陨志兮，吟泽畔之江滨。②
椒桂罗以颠覆兮，有竭信而归诚。③
谗蔼蔼而漫著兮，曷其不舒予情？④
始结言于庙堂兮，信中涂而叛之。⑤
怀兰蕙与衡芷兮，行中野而散之。
声哀哀而怀高丘兮，心愁愁而思旧邦。
愿承闲而自恃兮，径淫曀而道壅。⑥
颜霉黧以沮败兮，精越裂而衰耄。⑦

【注释】①懔慌：内心忧伤而失意。速速：疏远的样子。②灵修：指楚王。③罗：遭遇，遭到。④蔼蔼：众多。漫著：犹言被谗言中伤。舒：抒发。⑤涂：通"途"。⑥淫曀：昏暗、暗淡。⑦越裂：精神衰退、失魂落魄。

九叹　逢纷

杂画之松下听琴图　清·华嵒

裳襜襜而含风兮，衣纳纳而掩露。①

赴江湘之湍流兮，顺波凑而下降。②

徐徘徊于山阿兮，飘风来之汹汹。③

驰余车兮玄石，步余马兮洞庭。④

平明发兮苍梧，夕投宿兮石城。

芙蓉盖而菱华车兮，紫贝阙而玉堂。

薜荔饰而陆离荐兮，鱼鳞衣而白蜺裳。⑤

登逢龙而下陨兮，违故乡之漫漫。⑥

思南郢之旧俗兮，肠一夕而九运。

【注释】①襜襜：摆动的样子。纳纳：濡湿的样子。②波凑：奔腾的波浪。降：古音一作 hóng，协韵。③飘风：指旋风。④玄石：山名。⑤陆离：美玉。荐：卧席。⑥逢龙：山名。

仿各家山水图之寒溪钓隐 清·王鉴

与经典同行　与圣人为伍

扬流波之潢潢兮,体溶溶而东回。①
心怊怅以永思兮,意晻晻而日颓。②
白露纷以涂涂兮,秋风浏以萧萧。③
身永流而不还兮,魂长逝而常愁。
叹曰:譬彼流水,纷扬磕兮,④
波逢汹涌,濆滂沛兮。⑤
揄扬涤荡,漂流陨往,触崟石兮,⑥
龙邛脟圈,缭戾宛转,阻相薄兮。⑦
遭纷逢凶,蹇离尤兮,
垂文扬采,遗将来兮。⑧

【注释】①潢潢:水势浩大的样子。潢,同"滉"。溶溶:水流盛大貌。②晻晻:抑郁忧愁的样子。日:一作"自"。③涂涂:浓厚的样子。浏:形容风速很疾。④磕:水石相撞之声。⑤濆:水波涌起,指大浪。⑥揄扬:挥扬,扬起。陨往:指波浪起伏前进。崟石:锐利的岩石。⑦龙邛:水波互相撞击之貌。脟圈:挛曲。缭戾:回旋。薄:迫近。⑧垂:流传。

九叹 逢纷

柳溪泛舟图　明·仇英

读经诵典　受益匪浅

离世

刘向

灵怀其不吾知兮,灵怀其不吾闻。①
就灵怀之皇祖兮,愬灵怀之鬼神。②
灵怀曾不吾与兮,即听夫人之谀辞。
余辞上参于天地兮,旁引之于四时。③
指日月使延照兮,抚招摇以质正。④
立师旷俾端辞兮,命咎繇使并听。⑤
兆出名曰正则兮,卦发字曰灵均。⑥

【注释】①灵怀:楚怀王。②愬:同"诉",诉说,倾诉。③参:配合。④延:长。照:知。招摇:北斗之第七星星名。质正:辨明。⑤俾:使。端:端正。咎繇:指古时清官皋陶。⑥兆:龟折兆。卦:卦象。

古贤诗意图之听颖师弹琴　明·杜堇

余幼既有此鸿节兮,长愈固而弥纯。
不从俗而诐行兮,直躬指而信志。①
不枉绳以追曲兮,屈情素以从事。②
端余行其如玉兮,述皇舆之踵迹。③
群阿容以晦光兮,皇舆覆以幽辟。④
舆中涂以回畔兮,驷马惊而横奔。⑤
执组者不能制兮,必折轭而摧辕。⑥
断镳衔以驰骛兮,暮去次而敢止。⑦
路荡荡其无人兮,遂不御乎千里。⑧

【注释】①诐行:歪邪的行为。直躬指:身正志坚之意。指,通"恉",心志。②情素:指一贯的看法。③述:遵照,依照。皇舆:喻先王,象征国家。④阿容:偏袒宽容。晦:昏暗。暗昧。幽辟:即幽僻,昏暗。⑤回畔:回转。⑥执组:驾驭车马。⑦镳衔:马的勒口,俗称马嚼子。骛:奔驰。次:舍也。⑧荡荡:宽阔空旷的样子。御:禁。

九叹 离世

竹亭清远图　清·王翚

身衡陷而下沉兮，不可获而復登。①
不顾身之卑贱兮，惜皇舆之不兴。
出国门而端指兮，冀壹寤而锡还。②
哀仆夫之坎毒兮，屡离忧而逢患。③
九年之中不吾反兮，思彭咸之水游。
惜师延之浮渚兮，赴汨罗之长流。④
遵江曲之逶移兮，触石碕而衡游。⑤
波澧澧而扬浇兮，顺长濑之浊流。⑥
凌黄沱而下低兮，思还流而復反。⑦
玄舆驰而并集兮，身容与而日远。⑧

【注释】①衡：同"横"。②端指：忠心耿耿。锡：赐予。③坎毒：愤恨。④师延：纣之臣，为纣作新声北里之乐。武王伐纣时抱其乐器投水而死。⑤碕：弯曲的河岸。⑥澧澧：波浪声。扬浇：水流回旋貌。浇，回波为浇。濑：水流砂石上为濑。⑦黄沱：夏水，长江的支流。⑧玄舆：水车，此处指船。

人物山水图之迴汀曲渚
清·金农

与经典同行　与圣人为伍

棹舟杭以横濿兮，济湘流而南极。①
立江界而长吟兮，愁哀哀而累息。
情慌忽以忘归兮，神浮游以高厉。②
心茕茕而怀顾兮，魂眷眷而独逝。③
叹曰：余思旧邦，心依违兮。
日暮黄昏，羌幽悲兮，
去郢东迁，余谁慕兮。
谗夫党旅，其以兹故兮，④
河水淫淫，情所愿兮，⑤
顾瞻郢路，终不返兮。

【注释】①棹：划水行船。舟杭：渡船。杭，通"航"。濿：渡河。②高厉：上升，高高腾起。③茕茕：忧思的样子。④旅：众。⑤淫淫：流貌。

九叹离世

江干游赏图　清·华嵒

273

怨思

刘向

惟郁郁之忧毒兮,志坎壈而不违。①
身憔悴而考旦兮,日黄昏而长悲。②
悯空宇之孤子兮,哀枯杨之冤雏。③
孤雌吟于高墉兮,鸣鸠栖于桑榆。④
玄蝯失于潜林兮,独偏弃而远放。⑤
征夫劳于周行兮,处妇愤而长望。⑥
申诚信而罔违兮,情素洁于纽帛。⑦

【注释】①坎壈:坎坷不平,这里比喻不顺利。②考旦:直到天亮。考,至。旦,明。③冤:烦冤。雏:泛指幼鸟。④墉:城墙。⑤玄蝯:即黑色的猿猴。蝯,通"猿"。⑥周行:大路。处妇:指家中妻子。⑦申:重。罔:无。纽帛:束帛。

高士横杖图 明·陈洪绶

与经典同行　与圣人为伍

光明齐于日月兮,文采耀于玉石。
伤压次而不发兮,思沉抑而不扬。①
芳懿懿而终败兮,名靡散而不彰。②
背玉门以奔骛兮,蹇离尤而干诟。③
若龙逢之沉首兮,王子比干之逢醢。④
念社稷之几危兮,反为雠而见怨。⑤
思国家之离沮兮,躬获愆而结难。⑥
若青蝇之伪质兮,晋骊姬之反情。⑦
恐登阶之逢殆兮,故退伏于末庭。⑧

【注释】 ①**压**:镇压。**次**:失次,失去常规。②**懿懿**:芳香貌。**靡散**:犹消灭。③**玉门**:宫门,指宫阙。**干**:求。④**龙逢**:亦作龙逄。即关龙逄。夏之贤人,因谏而被桀所杀,後用为忠臣之代称。⑤**几危**:危险。**几**,近乎。⑥**沮**:败坏,颓丧。**愆**:罪过;过失。**结难**:遭受祸害。⑦**青蝇**:喻小人。**伪**:通"讹",改变,变化。**晋骊姬**:晋献公夫人。⑧**殆**:危殆,危险。

九叹 怨思

平台对话图　明・陈洪绶

孽臣之号咷兮，本朝芜而不治。①
犯颜色而触讳兮，反蒙辜而被疑。
菀蘼芜与菌若兮，渐藁本于洿渎。②
淹芳芷于腐井兮，弃鸡骇于筐簏。③
执棠溪以刺蓬兮，秉干将以割肉。④
筐泽泻以豹鞹兮，破荆和以继筑。⑤
时溷浊犹未清兮，世殽乱犹未察。⑥
欲容与以俟时兮，惧年岁之既晏。⑦

【注释】①孽臣：奸邪嬖幸之臣。号咷：同"嚎啕"，大哭。这里指大声喧哗。②菀：积。蘼芜：香草，即江离。菌若：即若，香草。渐：浸。藁本：香草名，根可入药。洿渎：小水沟。③淹：渍。腐：臭。鸡骇：犀角名。簏：较高的竹箱。④棠溪：与下句中的"干将"均为宝剑名。荆：用刀砍。⑤筐：满。泽泻：恶草。鞹：去毛的皮。荆和：指楚和氏璧。筑：大杵。⑥殽：混杂。⑦晏：晚。

高梧琴趣图 明·陈洪绶

与经典同行　与圣人为伍

顾屈节以从流兮，心巩巩而不夷。①
宁浮沅而驰骋兮，下江湘以邅回。②
叹曰：山中槛槛，余伤怀兮。③
征夫皇皇，其孰依兮。④
经营原野，杳冥冥兮。⑤
乘骐骋骥，舒吾情兮。
归骸旧邦，莫谁语兮。
长辞远逝，乘湘去兮。

【注释】①巩巩：忧惧的样子。夷：悦。②沅：沅水。邅回：运转。③槛槛：车行的声音。④皇皇：同"惶惶"，心不安貌。⑤经营：往復来去。南北为经，东西为营。

归去来辞之问征夫以前路图　明·马　轼

读经诵典　受益匪浅

远逝

刘向

志隐隐而郁怫兮，愁独哀而冤结。①
肠纷纭以缭转兮，涕渐渐其若屑。②
情慨慨而长怀兮，信上皇而质正。③
合五岳与八灵兮，讯九魁与六神。④
指列宿以白情兮，诉五帝以置辞。
北斗为我折中兮，太一为余听之。⑤
云服阴阳之正道兮，御后土之中和。⑥

【注释】①隐隐：忧愁貌。郁怫：郁闷。②缭转：回环旋转。渐渐：泪流不止貌。③慨慨：慨叹的样子。信：通"伸"，伸张。上皇：上帝。④讯：问。九魁：指北斗九星。魁：星名。⑤折中：取正，用为判断事物的准则。太一：天神名。⑥后土：指与天所对的地。中和：中正之道。

隐居十六观之问月　明·陈洪绶

与经典同行　与圣人为伍

佩苍龙之蚴虬兮，带隐虹之逶蛇。①
曳彗星之皓旰兮，抚朱爵与鵔鸃。②
游清灵之飒戾兮，服云衣之披披。③
杖玉策与朱旗兮，垂明月之玄珠。
举霓旌之墆翳兮，建黄纁之总旄。④
躬纯粹而罔愆兮，承皇考之妙仪。⑤
惜往事之不合兮，横汨罗而下濿。⑥
乘隆波而南渡兮，逐江湘之顺流。⑦

【注释】①蚴虬：蛟龙屈曲行动貌。隐虹：长虹。隐，宏大。逶蛇：长貌。②曳：引。皓旰：明亮。朱爵：即朱雀。爵，通"雀"。鵔鸃：凤凰类神鸟。③飒戾：清凉的样子。披披：长貌。④墆翳：障蔽的样子。建：立，树起。纁：浅赤色。总：合。⑤妙仪：高妙之法。⑥濿：渡河。⑦隆：盛。

九叹 远逝

隐居十六观之味象　明·陈洪绶

赴阳侯之潢洋兮，下石濑而登洲。①
陆魁堆以蔽视兮，云冥冥而暗前。②
山峻高以无垠兮，遂曾闳而迫身。③
雪雰雰而薄木兮，云霏霏而陨集。④
阜隘狭而幽险兮，石嵾嵯以翳日。⑤
悲故乡而发忿兮，去余邦之弥久。
背龙门而入河兮，登大坟而望夏首。⑥
横舟航而济湘兮，耳聊啾而憛慌。⑦
波淫淫而周流兮，鸿溶溢而滔荡。⑧

【注释】①阳侯：大波之神。潢洋：水宽大貌。②陆：高平地。一作"陵"。魁堆：高耸的样子。③曾：通"层"，重。闳：大。④陨集：此指云层低垂。⑤阜：土山。嵾嵯：同"参差"，不齐的样子。⑥龙门：指楚都郢之东门。坟：高的堤岸。夏首：夏水注入长江处。⑦聊啾：耳鸣。憛慌：失意貌。⑧鸿溶：水势浩大貌。滔荡：广大浩茫貌。

隐居十六观之访庄　明·陈洪绶

与经典同行　与圣人为伍

路曼曼其无端兮，周容容而无识。①
引日月以指极兮，少须臾而释思。②
水波远以冥冥兮，眇不睹其东西。
顺风波以南北兮，雾宵晦以纷纷。③
日杳杳以西颓兮，路长远而窘迫。
欲酌醴以娱忧兮，蹇骚骚而不释。④

【注释】①容容：纷乱的样子。识：标志。②极：指北辰星。少：少顷，不多时。③宵：夜。纷：古音一作扶昔反，协韵。④醴：醴酒。蹇：不顺。骚骚：忧戚的样子。

九叹　远逝

隐居十六观之嗽句　明·陈洪绶

叹曰：飘风蓬龙，埃坲坲兮，[①]

草木摇落，时槁悴兮。

遭倾遇祸，不可救兮。

长吟永欷，涕究究兮。[②]

舒情陈诗，冀以自免兮。

颓流下陨，身日远兮。

【注释】①蓬龙：风转动貌。坲坲：尘埃飞扬的样子。②究究：无穷尽，形容泪流不止的样子。

雪亭小息图 明·李士达

与经典同行　与圣人为伍

惜贤（xī xián）

刘向（liú xiàng）

- 览屈氏之《离骚》兮，心哀哀而怫郁。
  声嗷嗷以寂寥兮，顾仆夫之憔悴。①
  拨谄谀而匡邪兮，切涗涊之流俗。②
  荡浼浼之奸咎兮，夷蠢蠢之溷浊。③
  怀芬香而挟蕙兮，佩江蓠之菲菲。
  握申椒与杜若兮，冠浮云之峨峨。
  登长陵而四望兮，览芷圃之蠡蠡。④

【注释】①嗷嗷：叫喊声。②拨：治。切：洗涤。涗涊：污浊，污秽。③荡：涤。浼浼：污浊。夷：平，铲平。蠢蠢：不恭，无礼貌的样子。④蠡蠡：犹"历历"，行列分明貌。

九叹　惜贤

马骥驾青虬巡游四海　清·《聊斋图说》

283

游兰皋与蕙林兮,睨玉石之蔘嵯。①
扬精华以眩燿兮,芳郁渥而纯美。②
结桂树之旖旎兮,纫荃蕙与辛夷。③
芳若兹而不御兮,捐林薄而菀死。④
驱子侨之奔走兮,申徒狄之赴渊。⑤
若由夷之纯美兮,介子推之隐山。⑥
晋申生之离殃兮,荆和氏之泣血。
吴申胥之抉眼兮,王子比干之横废。⑦
欲卑身而下体兮,心隐恻而不置。⑧

【注释】①睨:顾视为睨。②郁渥:香气浓郁的样子。③旖旎:盛貌。④御:进用。捐:弃。林薄:草木丛杂的地方。菀:积。⑤驱:驰。子侨:即王子侨,传说中的仙人。申徒狄:纣时贤人,不满虐政,投水而亡。⑥由:许由,尧时隐士。夷:即伯夷。⑦申胥:即伍子胥。抉:挖。⑧下体:屈节。

蕉荫听琴图 明·陈洪绶

与经典同行　与圣人为伍

方圆殊而不合兮，钩绳用而异态。
欲竢时于须臾兮，日阴曀其将暮。①
时迟迟其日进兮，年忽忽而日度。
妄周容而入世兮，内距闭而不开。②
竢时风之清激兮，愈氛雾其如塺。③
进雄鸠之耿耿兮，谗介介而蔽之。④
默顺风以偃仰兮，尚由由而进之。⑤
心懭悢以冤结兮，情舛错以曼忧。⑥
搴薜荔于山野兮，采撚支于中洲。⑦

【注释】①曀：天色阴沉。②内：内心。距：通"拒"，拒绝。③塺：尘土。④耿耿：诚信貌。介介：分隔，离间。⑤偃仰：俯仰。由由：踌躇犹豫。⑥懭悢：失意貌。舛：相违反。⑦撚支：香草名。

九叹 惜贤

参禅图　明·陈洪绶

285

望高丘而叹涕兮,悲吸吸而长怀。①
孰契契而委栋兮,日晻晻而下颓。②
叹曰:江湘油油,长流汩兮。③
挑揄扬汰,荡迅疾兮。④
忧心展转,愁怫郁兮。
冤结未舒,长隐忿兮。
丁时逢殃,可奈何兮。⑤
劳心悁悁,涕滂沱兮。⑥

【注释】①吸吸:接不上气的样子。②契契:忧戚的样子。委栋:疲乏。晻晻:日光渐暗貌。③油油:水流貌。④挑揄:搅动。挑,挠。揄,动。汰:波浪。⑤丁:当。⑥悁悁:忧闷貌。

高贤读书图 明·陈洪绶

与经典同行　与圣人为伍

忧苦（yōu kǔ）

刘 向（liú xiàng）

悲余心之悁悁兮，哀故邦之逢殃。
辞九年而不復兮，独茕茕而南行。①
思余俗之流风兮，心纷错而不受。②
遵野莽以呼风兮，步从容于山廋。③
巡陆夷之曲衍兮，幽空虚以寂寞。④
倚石岩以流涕兮，忧憔悴而无乐。
登巉岏以长企兮，望南郢而窥之。⑤

【注释】①茕茕：独貌。行：古音一作háng，协韵。②风：化。纷错：纷乱交错。③莽：草。廋：弯曲处，此指僻静幽深之处。④陆夷：高山和平地。陆，大土山。夷，平。衍：泽。⑤巉岏：陡峭挺拔的山峰。企：立貌。

听吟图　明·陈洪绶

苦吟题石图　明·陈洪绶

九叹　忧苦

287

山修远其辽辽兮,涂漫漫其无时。①
听玄鹤之晨鸣兮,于高冈之峨峨。②
独愤积而哀娱兮,翔江洲而安歌。
三鸟飞以自南兮,览其志而欲北。③
愿寄言于三鸟兮,去飘疾而不可得。
◉ 欲迁志而改操兮,心纷结其未离。
外彷徨而游览兮,内恻隐而含哀。
聊须臾以时忘兮,心渐渐其烦错。④
愿假簧以舒忧兮,志纡郁其难释。⑤

【注释】①涂:通"途",路途。②玄鹤:俊鸟。王逸《楚辞章句》:"君有德则来,无德则去。若鸾凤矣。"③三鸟:指传说中的三青鸟。《博物志》:"王母来见武帝,有三青鸟如乌大,夹王母。三鸟,王母使也。"④渐渐:流淌貌。⑤假:借。簧:乐器名。

吴越间的龙舟竞技 清·《聊斋图说》

与经典同行　与圣人为伍

叹《离骚》以扬意兮，
犹未殚于《九章》。①
长嘘吸以於悒兮，涕横集而成行。②
伤明珠之赴泥兮，鱼眼玑之坚藏。③
同驽赢与乘驵兮，杂斑驳与阘茸。④
葛藟藟于桂树兮，鸱鸮集于木兰。⑤
偓促谈于廊庙兮，律魁放乎山间。⑥
恶虞氏之箫《韶》兮，好遗风之《激楚》。
潜周鼎于江淮兮，爨土鬻于中宇。⑦

【注释】①殚：尽，竭尽。②嘘吸、於悒：都是形容哭泣的样子。③玑：珠玑，宝珠。④驽赢：驽劣的骡子。马母驴父生子曰赢。赢，同"骡"。乘驵：骏马名。斑驳：色彩错杂貌。斑，一作"班"。阘茸：卑贱，低劣。亦指庸碌、低劣的人或马。⑤葛藟：葛藤。藟：缠绕。⑥偓促：狭小局促，比喻贪佞奸人。律魁：高大貌。喻指明于大法贤智之士。⑦爨：炊灶。鬻：釜。

听琴图　明·陈洪绶

晞髪图　明·陈洪绶

九叹　怃苦

且人心之持旧兮，而不可保长。
邅彼南道兮，征夫宵行。①
思念郢路兮，还顾睠睠。②
涕流交集兮，泣下涟涟。

叹曰：登山长望，中心悲兮，
菀彼青青，泣如颓兮，③
留思北顾，涕渐渐兮，
折锐摧矜，凝氾滥兮，④
念我茕茕，魂谁求兮？
仆夫慌悴，散若流兮。⑤

【注释】①邅：转，转换方向。宵：夜。行：古音一作háng，协韵。②睠睠：同"眷眷"，回头看的样子。③菀：茂盛。青青：草木茂盛貌。④摧：挫。矜：威严。凝：止。氾滥：沉浮。⑤慌悴：犹憔悴。

秋山闲游图　明·陈洪绶

与经典同行　与圣人为伍

愍命

刘　向

- 昔皇考之嘉志兮，喜登能而亮贤。①
情纯洁而罔蔽兮，姿盛质而无愆。②
放佞人与谄谀兮，斥谗夫与便嬖。③
亲忠正之悃诚兮，招贞良与明智。④
心溶溶其不可量兮，情澹澹其若渊。
回邪辟而不能入兮，诚愿藏而不可迁。⑤
逐下袟于后堂兮，迎宓妃于伊雒。⑥

【注释】①登能、亮贤：均举贤任能的意思。②蔽：无。薉：同"秽"，行之恶也。愆：过错，罪过。③便嬖：君王宠信的近臣。④悃诚：诚恳，诚实。悃，厚。⑤回邪：不正。辟：邪僻。⑥下袟：指贱妾。宓妃：神女。伊雒：水名。

九叹　愍命

常大器迎娶玉版　清·《聊斋图说》

读经诵典　受益匪浅

刜谗贼于中廇兮，选吕管于榛薄。①
丛林之下无怨士兮，江河之畔无隐夫。
三苗之徒以放逐兮，伊皋之伦以充庐。②
今反表以为里兮，颠裳以为衣。③
戚宋万于两楹兮，废周邵于逖夷。④
却骐骥以转运兮，腾驴赢以驰逐。⑤
蔡女黜而出帷兮，戎妇入而彩绣服。⑥
庆忌囚于阱室兮，陈不占战而赴围。⑦
破伯牙之号钟兮，挟人筝而弹纬。⑧

【注释】①刜：去，断。廇：中庭，喻指朝廷。吕：吕尚。管：管仲。榛薄：草木丛生之处，喻指民间。②三苗：传说中尧时的佞臣。伊：伊尹。皋：皋陶。伦：同辈、同类。充：满。庐：指国家。③颠裳以为衣：古时上衣为"衣"，下衣为"裳"，故有颠倒之说。④戚：亲近。宋万：指逆臣。楹：柱。周、邵：指周公旦和邵公奭，均为贤臣。逖夷：指边远少数民族地区。⑤却：退。腾：乘。⑥蔡女：蔡国贤女。黜：贬。戎妇：指戎狄丑妇。⑦庆忌：吴之公子，勇而有力。阱室：地牢。陈不占：齐臣，胆小怯懦。⑧号钟：琴名。挟：持。人：凡人。筝：小瑟。

马鞍山俞伯牙抚琴图·杨柳青木版年画

楚辞

与经典同行　与圣人为伍

藏瑉石于金匮兮，捐赤瑾于中庭。①
韩信蒙于介胄兮，行夫将而攻城。②
莞芎弃于泽洲兮，瓟蠡蠹于筐簏。③
麒麟奔于九皋兮，熊罴群而逸囿。④
折芳枝与琼华兮，树枳棘与薪柴。⑤
掘荃蕙与射干兮，耘藜藿与蘘荷。⑥
惜今世其何殊兮，远近思而不同。
或沉沦其无所达兮，或清激其无所通。
哀余生之不当兮，独蒙毒而逢尤。⑦

【注释】①瑉：似玉的美石。捐：弃。赤瑾：美玉。②蒙：覆盖，包裹。介胄：铠甲和头盔。行夫：士兵。③莞、芎：皆香草名。瓟：同"匏"，匏瓜，一年生草本植物，果实类葫芦，但比葫芦大。蠡：瓢。蠹：虫蛀，一说是"橐"的误字。④九皋：沼地。⑤枳、棘：均为多棘的树。⑥射干：香草名。藜藿、蘘荷：恶草名。⑦尤：罪过。

九叹愍命

崖边独钓图　明·陈洪绶

293

虽謇謇以申志兮，君乖差而屏之。①
诚惜芳之菲菲兮，反以兹为腐也。
怀椒聊之蔎蔎兮，乃逢纷以罹诟也。②

叹曰：嘉皇既殁，终不返兮。③
山中幽险，郢路远兮。
谗人譐譐，孰可愬兮？④
征夫罔极，谁可语兮？
行吟累欷，声喟喟兮。⑤
怀忧含戚，何侘傺兮。⑥

【注释】①謇謇：直言貌。乖差：违异。②椒聊：香草名。蔎蔎：香貌。逢纷：谓遭遇乱世。罹诟：蒙受耻辱。③嘉：美。皇：君。④譐譐：巧言，能言善辩。愬：同"诉"。⑤累欷：屡次歔欷。喟喟：叹声。⑥侘傺：失意而精神恍惚的样子。

醉愁图 明·陈洪绶

与经典同行　与圣人为伍

思古（sī gǔ）

刘向（liú xiàng）

- 冥冥深林兮，树木郁郁。
山参差以嶄岩兮，阜杳杳以蔽日。①
悲余心之悁悁兮，目眇眇而遗泣。②
风骚屑以摇木兮，云吸吸以湫戾。③
悲余生之无欢兮，愁倥偬于山陆。④
旦徘徊于长阪兮，夕彷徨而独宿。⑤
髪披披以鬤鬤兮，躬劬劳而瘏悴。⑥

【注释】①嶄岩：险峻貌。嶄，通"巉"。阜：土山，丘陵。②遗泣：落泪。遗，坠也。③骚屑：风声。吸吸：风云飘浮状。湫戾：卷曲貌。④倥偬：困苦窘迫。⑤阪：通"坂"，山坡，斜坡。⑥披披、鬤鬤：均为头发散乱貌。劬劳：劳苦。瘏悴：疲病。

松涛怪石图　清·袁江

九叹 思古

魂佂佂而南行兮，泣沾襟而濡袂。①
心婵媛而无告兮，口噤闭而不言。②
违郢都之旧闾兮，回湘沅而远迁。③
念余邦之横陷兮，宗鬼神之无次。④
闵先嗣之中绝兮，心惶惑而自悲。⑤
聊浮游于山陿兮，步周流于江畔。⑥
临深水而长啸兮，且倘佯而泛观。⑦
兴《离骚》之微文兮，冀灵修之壹悟。⑧

【注释】①佂佂：惶恐不安貌。袂：袖。②噤：闭口。③闾：里。④宗：同姓为宗。次：次第。⑤先嗣：对祖先功业的敬称。⑥陿：同"峡"，峡谷，山峡。一说同"狭"，狭窄。⑦泛观：纵览。⑧灵修：指楚怀王。

西郊寻梅图　清·禹之鼎

与经典同行　与圣人为伍

还余车于南郢兮，復往轨于初古。①
道修远其难迁兮，伤余心之不能已。
背三五之典刑兮，绝《洪范》之辟纪。②
播规矩以背度兮，错权衡而任意。③
操绳墨而放弃兮，倾容幸而侍侧。④
甘棠枯于丰草兮，藜棘树于中庭。
西施斥于北宫兮，仳倠倚于弥楹。⑤
乌获戚而骖乘兮，燕公操于马圉。⑥
蒯聩登于清府兮，咎繇弃而在野。⑦

【注释】①轨：车辙。②三五：指三皇（尧、舜、禹）和春秋五霸。典：常。刑：法。洪范：《尚书》篇名。辟纪：法度。③播：弃。错：置。④倾容：低头弯腰，指谗佞小人。侧：《湘君》："隐思君兮陫侧。"《楚辞集注》："侧，叶札为反。"⑤仳倠：古丑女名。弥楹：布满厅堂。弥，遍。楹，柱。借指厅堂。⑥乌获：古代力士名。骖乘：陪乘。燕公：即邵公，封于燕。马圉：即马厩。圉，养马的地方。⑦蒯聩：卫灵公太子，欲害其後母。清府：宗庙。咎繇：即皋陶。

九叹思古

山水图之杖策柴门　清·王云

读经诵典　受益匪浅

盖见兹以永叹兮，欲登阶而狐疑。
乘白水而高骛兮，因徙弛而长词。①
◉ 叹曰：倘佯垆阪，沼水深兮。②
容与汉渚，涕淫淫兮。③
钟牙已死，谁为声兮？④
纤阿不御，焉舒情兮？⑤
曾哀凄欷，心离离兮。⑥
还顾高丘，泣如洒兮。⑦

【注释】①徙弛：向後退的样子。②倘佯：山名。垆：黄黑色土。阪：山坡。③容与：迟疑不定貌。④钟牙：钟子期与伯牙。谁为声：谁为作善声。⑤纤阿：古善御者。⑥离离：撕裂。⑦洒：读音协韵。

楚辞

山水图之荷亭读书　清·王云

与经典同行　与圣人为伍

远游

刘向

悲余性之不可改兮，屡惩艾而不迻。①
服觉皓以殊俗兮，貌揭揭以巍巍。②
譬若王侨之乘云兮，载赤霄而凌太清。③
欲与天地参寿兮，与日月而比荣。
登昆仑而北首兮，悉灵圉而来谒。④
选鬼神于太阴兮，登阊阖于玄阙。⑤
回朕车俾西引兮，褰虹旗于玉门。⑥

【注释】①艾：（被）惩戒；（遭）惩创。迻：同"移"，迁移。②觉皓：鲜明貌。觉，通"较"。揭揭：高貌。③赤霄：红云。太清：太空，天空。④首：向，朝着。古音shòu。悉：尽。灵圉：指众神。谒：谒见。⑤太阴：北方之地。玄阙：山名。⑥俾：让，使。褰：举起。玉门：山名。

杂画之仙姑图　明·张 路

驰六龙于三危兮,朝西灵于九滨。①
结余轸于西山兮,横飞谷以南征。②
绝都广以直指兮,历祝融于朱冥。③
枉玉衡于炎火兮,委两馆于咸唐。④
贯澒濛以东朅兮,维六龙于扶桑。⑤
周流览于四海兮,志升降以高驰。
征九神于回极兮,建虹采以招指。⑥
驾鸾凤以上游兮,从玄鹤与鹀明。⑦
孔鸟飞而送迎兮,腾群鹤于瑶光。⑧

【注释】①朝:召。滨:水涯。②结:旋。轸:车。飞谷:古代传说太阳行经的地方。③都广:神话中的地名。历:过。祝融:火神。朱冥:指南方。④枉:屈绕。衡:车前横木。炎火:传说中的大火山。委:曲。馆:止宿,住宿。咸唐:即咸池。⑤澒濛:混沌的天气。朅:离去。维:系。扶桑:神话中木名。⑥征:召。回极:天极回旋的枢轴。即古人认为的天体的轴心。虹采:彩旗。⑦招指:犹指挥。鹀明:类似凤的神鸟。⑧瑶光:星名,北斗七星之第七星。

山水图 清·原济

与经典同行　与圣人为伍

九叹远游

排帝宫与罗圃兮，升县圃以眩灭。①
结琼枝以杂佩兮，立长庚以继日。②
凌惊雷以轶骇电兮，缀鬼谷于北辰。③
鞭风伯使先驱兮，囚灵玄于虞渊。④
溯高风以低佪兮，览周流于朔方。⑤
就颛顼而陈词兮，考玄冥于空桑。⑥
旋车逝于崇山兮，奏虞舜于苍梧。⑦
济杨舟于会稽兮，就申胥于五湖。⑧
见南郢之流风兮，殒余躬于沅湘。
望旧邦之黯黮兮，时溷浊其犹未央。⑨

【注释】①罗圃：神话中天帝狩猎的地方。眩灭：目眩魂灭。②长庚：金星，古亦称太白星。③轶：同"逸"，疾奔。缀：系。鬼谷：众鬼聚居处。④灵玄：神话中北方之帝。虞渊：神话中地名，日落之处。⑤朔方：北方。⑥玄冥：主刑杀的神。空桑：神话中山名。⑦崇山：山名。奏：臣子对帝王进言陈事。⑧杨：木名。会稽：山名。⑨黯黮：昏暗不明貌。

归去来辞之云无心以出岫图　明·李　在

怀兰茝之芬芳兮，妒被离而折之。
张绛帷以襜襜兮，风邑邑而蔽之。①
日瞳瞳其西舍兮，阳焱焱而復顾。②
聊假日以须臾兮，何骚骚而自故。③

◉叹曰：譬彼蛟龙，乘云浮兮。
汎淫溶溶，纷若雾兮。④
潺湲轇轕，雷动电發，駊高举兮。⑤
升虚凌冥，沛浊浮清，入帝宫兮。⑥
摇翘奋羽，驰风骋雨，游无穷兮。⑦

【注释】①襜襜：鲜明的样子。邑邑：柔弱。②瞳瞳：明亮，炽盛。焱焱：光彩闪烁貌。焱，火花。③骚骚：愁苦貌。④汎淫：浮游不定貌。溶溶：水深广貌。⑤轇轕：纵横交错的样子。駊：马疾行。⑥沛：排去。⑦翘：鸟尾。

生龙活虎木公鼎　清·任熊

九思 jiǔ sī

王逸 wáng yì

对牛弹琴图 清·原济

逢尤

王逸

悲兮愁,哀兮忧,天生我兮当暗时,被诼谮兮虚获尤。①
心烦愦兮意无聊,严载驾兮出戏游。②
周八极兮历九州,求轩辕兮索重华。
世既卓兮远眇眇,握佩玖兮中路躇。③
羡咎繇兮建典谟,懿风后兮受瑞图。④
愍余命兮遭六极,委玉质兮于泥涂。⑤
遽傽偟兮驱林泽,步屏营兮行丘阿。⑥
车軏折兮马虺颓,憃怅立兮涕滂沱。⑦

【注释】①诼谮:诬陷毁谤。诼,毁。虚:平白无故。尤:过错。②愦:乱。聊:乐。严:急忙。③卓:远。佩玖:做佩饰用的浅黑色美石。④典谟:谋略,计谋。一说指《尚书》中的《尧典》和《大禹谟》。懿:美,赞美。风后:黄帝六相之一。瑞图:天授祥瑞图谱。⑤愍:同"悯",怜悯。六极:指凶短折、疾、忧、贫、恶、弱六种极恶之事。⑥遽:传车,驿车。傽偟:惊慌失措的样子。屏营:彷徨。⑦軏:古代车辕前端与车衡衔接处的关键。虺颓:马疲病态。憃:失意貌。

往提崆峒剑,踏雾追青虬 清·任熊

饮酒祝寿图 明·陈洪绶

与经典同行　与圣人为伍

思丁文兮圣明哲，哀平差兮迷谬愚。
吕傅举兮殷周兴，忌嚭专兮郢吴虚。
仰长叹兮气噎结，悒殟绝兮咶復苏。
虎兕争兮于廷中，豺狼斗兮我之隅。
云雾会兮日冥晦，飘风起兮扬尘埃。
走邙罔兮乍东西，欲窜伏兮其焉如？
念灵闱兮隩重深，愿竭节兮隔无由。
望旧邦兮路逶随，忧心悄兮志勤劬。
魂茕茕兮不遑寐，目眽眽兮寤终朝。

九思 逢尤

【注释】①丁：遇，当。文：指周文王姬昌。平：楚平王。差：吴王夫差。②吕：姜尚。傅：傅说。忌：楚大夫费无忌。嚭：吴大夫宰嚭。郢：楚都。虚：空。忌、嚭佞伪，惑其君而败，二国空虚。③殟绝：突然昏迷。殟，一作"愠"。咶：喘息。④兕：犀牛一类的野兽。⑤邙罔：同"怅惘"。失意貌。邙，通"怅"。⑥灵闱：指楚怀王所居宫殿。隩：通"奥"，房屋幽深处。⑦逶随：蜿蜒迂远。悄：犹惨。劬：劳。⑧遑：闲暇。眽眽：同"脉脉"，视貌。

天斧搜崖出秘魔　清·任熊

读经诵典　受益匪浅

怨上（yuàn shàng）

王逸（wáng yì）

令尹兮謷謷，群司兮譨譨。①
哀哉兮湿湿，上下兮同流。②
菽藟兮蔓衍，芳虈兮挫枯。③
朱紫兮杂乱，曾莫兮别诸。④
倚此兮岩穴，永思兮窈悠。⑤
嗟怀兮眩惑，用志兮不昭。⑥
将丧兮玉斗，遗失兮钮枢。⑦

【注释】①令尹：楚国掌政的官员。謷謷：众口悲声，这里指胡言乱语。群司：众官员。譨譨：多言貌。②湿湿：水出貌，这里指混乱。③菽藟：指杂草。虈：香草名。④别诸：区分，辨别。⑤窈悠：昏暗遥远，一本作"窈窕"，则作美好讲。⑥怀：楚怀王。⑦玉斗：宝器，喻社稷。钮枢：珍宝。

俯见龙渊深，花田种珊树　清·任　熊

与经典同行　与圣人为伍

我心兮煎熬，惟是兮用忧。
进思兮九旬，退顾兮彭务。①
拟斯兮二踪，未知兮所投。②
谣吟兮中野，上察兮璇玑。③
大火兮西睨，摄提兮运低。④
雷霆兮砯磕，雹霰兮霏霏。⑤
奔电兮光晃，凉风兮怆凄。⑥
鸟兽兮惊骇，相从兮宿栖。

【注释】①思：一作"恶"。九旬：纣为九旬之饮，而不听政。一作"仇荀"，谓仇牧和荀息。退：一作"復"。彭：彭咸。务：务光。二人皆谏不听而投水死。务，古音一作mòu音，协韵。现今粤语即音近mòu，保留了古音。②拟：则，仿效。踪：迹。③璇：天璇。玑：天玑。北斗七星中二星名。④大火：星名，即心宿。摄提：星名。⑤砯磕：形容雷声。霰：雪珠。霏霏：集貌。霏，古音一作扶昔反，协韵。⑥光晃：光芒闪耀。

九思 怨上

雷门十三神将骁　清·任熊

读经诵典　受益匪浅

yuān yāng xī yōng yōng　　hú lí xī mí mí
鸳鸯兮噰噰，狐狸兮徿徿。①
āi wú xī jiè tè　　dú chǔ xī wǎng yī
哀吾兮介特，独处兮罔依。②
lóu gū xī míng dōng　　máo jié xī háo xī
蝼蛄兮鸣东，蟊蠽兮号西。③
cì yuán xī wǒ cháng　　zhú rù xī wǒ huái
蛓缘兮我裳，蠋入兮我怀。④
chóng zhì xī jiā yú　　chóu chàng xī zì bēi
虫豸兮夹余，惆怅兮自悲。⑤
zhù lì xī dāo dá　　xīn jié gǔ xī zhé cuī
伫立兮忉怛，心结縎兮折摧。⑥

【注释】①噰噰：鸟声和鸣。徿徿：相随的样子。②介特：孤单独异。罔：无。③蟊蠽：蝉一类昆虫。蠽，亦作"蠿"。④蛓：毛虫，有毒，蜇人。缘：攀援。蠋：蛾、蝶等的幼虫。⑤豸：无脚的虫。⑥忉怛：愁苦悲切。结縎：忧思郁结。

烛龙出入寡蛾怒，散髮吹笙召烟雾　　清·任　熊

与经典同行　与圣人为伍

疾世

王　逸

- 周徘徊兮汉渚，求水神兮灵女。
嗟此国兮无良，媒女诎兮譁謱。①
鷃雀列兮哗讙，鸲鹆鸣兮聒余。②
抱昭华兮宝璋，欲衒鬻兮莫取。③
言旋迈兮北徂，叫我友兮配耦。④
日阴曀兮未光，阒睄窕兮靡睹。⑤

【注释】①此国：指楚国。诎：言语迟钝。譁謱：言语繁杂、啰嗦。②鷃雀：小鸟。讙：喧闹。鸲鹆：鸟名，又名八哥。聒：杂音使人烦乱。③昭华：指美玉。璋：玉名。衒：夸耀想卖出的货。鬻：卖。④言：我。徂：往，到。耦：二人并耕称作耦，後来凡是二人者皆称耦。⑤阒：空，寂静。睄窕：昏冥幽远。

江亭饯别图　明·杜　琼

纷载驱兮高驰,将谘询兮皇羲①。
遵河皋兮周流,路变易兮时乖②。
沥沧海兮东游,沐盥浴兮天池③。
访太昊兮道要,云靡贵兮仁义④。
志欣乐兮反征,就周文兮邠岐⑤。
秉玉英兮结誓,日欲暮兮心悲。

【注释】①皇羲:羲皇。一说羲,伏羲。伏羲称皇。②乖:乖戾,反常。③沥:着衣涉水。④太昊:指东方青帝。道要:即天道之要务。靡:无,没有。⑤周文:周文王。邠岐:周本国。邠,一作"豳"。

山水图　明·项圣谟

与经典同行　与圣人为伍

惟天禄兮不再，背我信兮自违。
逾陇堆兮渡漠，过桂车兮合黎。①
赴昆山兮挚骒，从邛遨兮栖迟。②
吮玉液兮止渴，齧芝华兮疗饥。
居嵺廓兮尠俦，远梁昌兮几迷。③
望江汉兮濩渃，心紧縼兮伤怀。④
时眒眒兮旦旦，尘莫莫兮未晞。⑤
忧不暇兮寝食，吒增叹兮如雷。⑥

【注释】①陇堆、桂车、合黎：均为山名。漠：沙漠。②挚：同"絷"，绊住马足。骒：良马名。邛：传说中兽名。遨：游。③嵺廓：空旷，高远。尠：少，俗鲜字。俦：同"俦"，伴侣。梁昌：处境狼狈，进退失据。④濩渃：水势浩大。紧縼：缠绵。縼（音juàn或quàn），此通绻（quǎn）。⑤眒：日月初出，光线未大明貌。莫莫：同"漠漠"，尘土飞扬貌。晞：干，指消散。⑥吒：怒声。

九思　疾世

隐居十六观图之孤往　明·陈洪绶

311

悯上 (mǐn shàng)

王逸 (wáng yì)

哀世兮睩睩，譤譤兮嗌喔。①
众多兮阿媚，委靡兮成俗。②
贪枉兮党比，贞良兮茕独。③
鹄窜兮枳棘，鹈集兮帷幄。④
蘮蒘兮青葱，槁本兮萎落。⑤
睹斯兮伪惑，心为兮隔错。⑥
逡巡兮圃薮，率彼兮畛陌。⑦

【注释】①睩睩：视貌。睩，眼珠转动。譤譤：背后说人坏话。嗌喔：谄谀之声。②委靡：伪诈讨好的脸孔。③党比：结党朋比。比，旧音bì。④鹈：鹈鹕。水鸟。⑤蘮蒘：恶草名。槁本：香草名。⑥隔错：糊涂。⑦率：顺着。畛：田间的道路。陌：田间小道。

山水图之竹林有真趣　明·项圣谟

与经典同行　与圣人为伍

川谷兮渊渊，山阜兮峉峉。①
丛林兮崟崟，株榛兮岳岳。②
霜雪兮漼溰，冰冻兮洛泽。③
东西兮南北，罔所兮归薄。④
庇荫兮枯树，匍匐兮岩石。⑤
蜷跼兮寒局数，独处兮志不申。⑥
年齿尽兮命迫促，
魁垒挤摧兮常困辱。⑦
含忧强老兮愁无乐。⑧

【注释】①峉峉：山高伟奇特貌。②崟崟：丛林繁茂貌。岳岳：本指山势挺立，此指树木挺拔。③漼溰：霜雪堆积貌。洛泽：冰冻貌。泽，冰结。④罔：无。薄：附。⑤岩石：指可居之穴。⑥跼：腰背弯曲。寒局数：也作"寒风数"。数，迫促。⑦魁垒：盘结。一作坎坷不平。⑧强老：谓由壮年转入衰老。

九思 悯上

猗兰室图　明·文徵明

须发苧悴兮颡鬓白,①
思灵泽兮一膏沐。②
怀兰英兮把琼若,待天明兮立踯躅。③
云蒙蒙兮电倏烁,孤雌惊兮鸣呴呴。④
思怫郁兮肝切剥,忿悁悒兮孰诉告。⑤

【注释】①苧:指须髪乱。悴:憔悴。颡:头发白而乱。②灵泽:天上的雨露,喻德政。膏沐:润髪的膏脂。③兰英:兰花。④倏烁:迅疾貌。呴呴:鸟叫声。⑤悁悒:怨怒。告:《天问》:"西伯上告。"《楚辞集注》:"告,叶古后反。"

读离骚　明·《盛明杂剧》

与经典同行 与圣人为伍

遭厄

王逸

悼屈子兮遭厄,沉玉躬兮湘汨。①
何楚国兮难化,迄乎今兮不易。②
士莫志兮羔裘,竞佞谀兮谗阋。③
指正义兮为曲,訾玉璧兮为石。④
鹘鵰游兮华屋,鹪鹩栖兮柴蔟。⑤
起奋迅兮奔走,违群小兮謑詬。⑥
载青云兮上升,适昭明兮所处。⑦

【注释】①湘、汨:皆水名。②难化:难以教化。③阋:争斗,争吵。④訾:诽谤。⑤鹘鵰:隼鵰:猛禽。鹪鹩:鸟名。蔟:同"簇",丛聚。⑥謑詬:辱骂。⑦昭明:日晖。

松下读书图 明·吴伟

315

读经诵典　受益匪浅

蹑天衢兮长驱，踵九阳兮戏荡。①
越云汉兮南济，秣余马兮河鼓。②
云霓纷兮晻翳，参辰回兮颠倒。③
逢流星兮问路，顾我指兮从左。
径娵觜兮直驰，御者迷兮失轨。④
遂踢达兮邪造，与日月兮殊道。⑤
志阏绝兮安如，哀所求兮不偶。⑥
攀天阶兮下视，见鄢郢兮旧宇。⑦
意逍遥兮欲归，众秽盛兮杳杳。⑧
思哽饐兮诘诎，涕流澜兮如雨。⑨

【注释】①蹑：踩。衢：路。踵：亲自到。九阳：日出之处。②秣：饲喂。河鼓：牵牛星的别名。③晻翳：遮蔽貌。参、辰：皆星宿名。④娵觜：亦作"娵訾"。星次名。在二十八宿为室宿和壁宿。⑤踢达：行为不正。⑥阏：阻塞。⑦天阶：星名。⑧众秽：喻佞人。杳杳：语多貌。⑨饐：通"噎"，食物等堵塞喉咙。此处指气阻喉塞。诘诎：滞塞，艰涩。

楚辞

九歌图之东君　元·无款

316

与经典同行 与圣人为伍

悼乱（dào luàn）

王逸（wáng yì）

嗟嗟兮悲夫，殽乱兮纷挐。①
茅丝兮同综，冠屦兮共絇。②
督万兮侍宴，周邵兮负刍。③
白龙兮见射，灵龟兮执拘。
仲尼兮困厄，邹衍兮幽囚。④
伊余兮念兹，奔遁兮隐居。
将升兮高山，上有兮猴猿。

【注释】①殽：同"淆"，混乱。纷挐：纷争。②茅：茅草。丝：丝线。综：织机上使经线和纬线能交织的装置。这里作编织讲。屦：鞋。絇：鞋尖上的一种装饰。③督：华督。万：宋万。皆弑君之人。周：周公旦。邵：邵公。皆周朝贤臣。刍：牲口吃的草。④仲尼：即孔丘，孔子。邹衍：战国时齐人，善辩。

九思 悼乱

孔子圣迹图之在陈绝粮 明·佚 名

欲入兮深谷，下有兮虺蛇。
左见兮鸣鵙，右睹兮呼枭。①
惶悸兮失气，踊跃兮距跳。②
便旋兮中原，仰天兮增叹。
菅蒯兮野莽，藿苇兮仟眠。③
玄鹿兮继踵，猯貉兮蟫蟫。④
鹯鹞兮轩轩，鹑鹖兮甄甄。⑤
哀我兮寡独，靡有兮齐伦。⑥

【注释】①鵙：鸟名，即伯劳。②悸：惧。距跳：跳跃。③菅：多年生草本植物。蒯：也是一种多年生草本植物。藿：野草名。仟眠：同"芊绵"，草木丛生的样子。④玄鹿：传说中的黑鹿。古人以为食其肉可长寿。一作"鹿蹊"。继踵：一作"蹛蹛"。猯：猪獾。蟫蟫：野兽相随的样子。⑤轩轩：欲止之貌。鹖：同"鹤"，鸟名。甄甄：小鸟飞行之貌。⑥齐：偶。一作"匹"。

双鑑行窝图　明·唐寅

意欲兮沉吟，迫日兮黄昏。
玄鹤兮高飞，曾逝兮青冥。①
鶬鹒兮喈喈，山鹊兮嘤嘤。②
鸿鸬兮振翅，归雁兮于征。③
吾志兮觉悟，怀我兮圣京。
垂屣兮将起，跓竢兮须明。④

【注释】①曾：通"增"，高举。青冥：青天。②鶬鹒：即黄鹂。③鸬：即鸬鹚，善捕鱼的水鸟。④屣：鞋。跓竢：驻足等待。

远浦归帆图 明·陈洪绶

九思 悼乱

读经诵典　受益匪浅

伤时（shāng shí）

王逸（wáng yì）

惟昊天兮昭灵，阳气发兮清明。①
风习习兮和暖，百草萌兮华荣。
堇茶茂兮扶疏，蘅芷凋兮莹嫇。②
愍贞良兮遇害，将夭折兮碎糜。
时混混兮浇饡，哀当世兮莫知。③
览往昔兮俊彦，亦诎辱兮系累。④
管束缚兮桎梏，百贸易兮传卖。⑤

【注释】①昊天：夏天。昭：明。②堇：堇菜，也叫旱芹。茶：一种苦菜。扶疏：枝叶茂盛貌。蘅：杜蘅，香草名。芷：若芷，香草名。莹嫇：零落萧疏貌。③浇饡：汤泡饭。比喻混乱。④系累：用绳绑缚，拘禁。⑤管：管仲。桎梏：古时的脚镣和手铐。百：百里奚。传：转。

谈道图　明·吴伟

与经典同行　与圣人为伍

遭桓缪兮识举，才德用兮列施。①
且从容兮自慰，玩琴书兮游戏。
迫中国兮窄狭，吾欲之兮九夷。②
超五岭兮嵯峨，观浮石兮崔嵬。③
陟丹山兮炎野，屯余车兮黄支。④
就祝融兮稽疑，嘉己行兮无为。⑤
乃回竭兮北逝，遇神嫣兮宴娱。⑥
欲静居兮自娱，心愁戚兮不能。
放余辔兮策驷，忽飙腾兮浮云。

【注释】 ①桓：齐桓公。缪：秦缪公。②九夷：我国古时对东方各族的称谓。③浮石：山名。④丹山、炎野：均为南方之地。黄支：南方国名。⑤祝融：火神。稽疑：考察疑事。⑥竭：去。嫣：北方之神。娱：同"戏"。

九思 伤时

雪山行旅图　明·张翀

读经诵典　受益匪浅

蹠飞杭兮越海，从安期兮蓬莱。①
缘天梯兮北上，登太一兮玉台。
使素女兮鼓簧，乘戈和兮讴谣。②
声嗷誂兮清和，音晏衍兮要婬。③
咸欣欣兮酣乐，余眷眷兮独悲。
顾章华兮太息，志恋恋兮依依。④

【注释】①蹠：登上。杭：通"航"，船。安期：即安期生，仙人名。②素女：仙女。乘戈：仙人名。讴谣：唱歌。③嗷誂：声音高亢。晏衍：旋律柔和悠长。要婬：指舞姿柔婉美好。婬，江、沅之间谓戏为婬。④章华：台名，在楚国。

楚辞

汨罗江　明·《盛明杂剧》

322

哀岁

王逸

旻天兮清凉，玄气兮高朗。①
北风兮潦洌，草木兮苍唐。②
蚓蚨兮喓喓，螂蛆兮穰穰。③
岁忽忽兮惟暮，余感时兮凄怆。
伤俗兮泥浊，蒙蔽兮不章。④
宝彼兮沙砾，捐此兮夜光。⑤
椒瑛兮涅污，菓耳兮充房。⑥

【注释】①旻天：秋天。玄气：指阳气。②苍唐：又作苍黄，开始凋零。③蚓蚨：虫名，蝉的一种，又名蟪蛄。喓喓：虫鸣声。螂蛆：蜈蚣。穰穰：纷乱无序的样子。④章：明显。⑤夜光：明珠。⑥椒、瑛：香草和美石。涅：染黑。菓耳：恶草名，又名苍耳，草本植物。

雪江捕鱼图 明·吴伟

摄衣兮缓带，操我兮墨阳。①
昇车兮命仆，将驰兮四荒。
下堂兮见虿，出门兮触蜂。②
巷有兮蚰蜒，邑多兮螳螂。③
睹斯兮嫉贼，心为兮切伤。
俯念兮子胥，仰怜兮比干。
投剑兮脱冕，龙屈兮蜿蟮。④

【注释】①墨阳：古剑名。②虿：蝎一类的毒虫。蜂：读音协韵。③蚰蜒：虫名。节肢动物，俗称簪衣虫。④蜿蟮：弯曲而不伸展的样子。

观瀑图 明·王谔

九思 哀岁

潜藏兮山泽,匍匐兮丛攒。
窥见兮溪涧,流水兮沄沄①。
鼋鼍兮欣欣,鱣鲇兮延延②。
群行兮上下,骈罗兮列陈③。
自恨兮无友,特处兮茕茕。
冬夜兮陶陶,雨雪兮冥冥④。
神光兮颎颎,鬼火兮荧荧⑤。
修德兮困控,愁不聊兮遑生⑥。
忧纡兮郁郁,恶所兮写情⑦。

【注释】①沄沄:水流动貌。②鱣:类似鳝一类的鱼。鲇:鱼名。延延:长貌。③骈罗:骈比罗列。④陶陶:通"遥遥",漫长的意思。⑤颎颎:同"炯炯",形容火明亮貌。⑥困控:无人推举。⑦恶所:在哪里,何处。

山水人物图之采药 明·陆治

读经诵典　受益匪浅

守志

王逸

陟玉峦兮逍遥,览高冈兮峣峣。①
桂树列兮纷敷,吐紫华兮布条。②
实孔鸾兮所居,今其集兮惟鸮。③
乌鹊惊兮哑哑,余顾瞻兮怊怊。④
彼日月兮暗昧,障覆天兮祲氛。⑤
伊我后兮不聪,焉陈诚兮效忠。⑥
摅羽翮兮超俗,游陶遨兮养神。⑦

【注释】①玉峦：昆仑山。山脊曰峦。逍遥：须臾。峣峣：山势高峻貌。②纷敷：树枝丛生纷乱的样子。布条：分布在枝条上。③孔鸾：大鸟。鸮：猫头鹰。④哑哑：象声词。禽鸟鸣声，也读yàyù。怊怊：怅惘貌。一说远貌。⑤祲氛：不祥妖气。⑥后：指国君。⑦摅：舒展。羽翮：鸟翅。陶：高兴。

松院闲吟图　明·朱端

与经典同行　与圣人为伍

乘六蛟兮蜿蝉，遂驰骋兮升云。①
扬彗光兮为旗，秉电策兮为鞭。
朝晨发兮鄢郢，食时至兮增泉。②
绕曲阿兮北次，造我车兮南端。③
谒玄黄兮纳贽，崇忠贞兮弥坚。④
历九宫兮遍观，睹祕藏兮宝珍。⑤
就傅说兮骑龙，与织女兮合婚。
举天毕兮掩邪，彀天弧兮射奸。⑥
随真人兮翱翔，食元气兮长存。

九思　守志

【注释】①蜿蝉：蛟龙盘屈貌。②增泉：银河。③曲阿：古地名，在今江苏丹阳。次：舍。造：到，至。④玄黄：中央之帝。贽：见面礼。⑤祕藏：亦作"祕藏"。指隐藏或珍藏的大宗之物。⑥天毕：星宿名。彀：拉满弓弦。天弧：星宿名。

牛郎织女图　　清·钱慧安

望太微兮穆穆，睨三阶兮炳分。①
相辅政兮成化，建烈业兮垂勋。
目瞥瞥兮西没，道遐迥兮阻叹。②
志蓄积兮未通，怅敞罔兮自怜。③

乱曰：天庭明兮云霓藏，
三光朗兮镜万方。④
斥蜥蜴兮进龟龙，策谋从兮翼玑衡。⑤
配稷契兮恢唐功，⑥
嗟英俊兮未为双。

【注释】①太微：天之中宫。穆穆：和顺。三阶：星名。炳：光明。②瞥瞥：谓暂现。没：日落。遐迥：遥远漫长。③敞罔：失意貌。怅惘之借字。④三光：指日、月、星。镜：照射。⑤玑、衡：即北斗七星中的天玑星和玉衡星。《湘夫人》："缭之兮杜衡。"江有诰《楚辞韵读》："衡，音杭，阳部。"⑥配：匹。稷契：稷和契的并称。唐虞时代的贤臣。契，传说中商族始祖帝喾的儿子，其母简狄吞玄鸟卵而生，舜时助禹治水有功。恢：大。唐：唐尧，传说中的上古贤君。

杂画之采和 明·张路

晞髮圖 明 陳洪綬

"尚雅"国学经典书系

中华传统蒙学精华注音全本

书 名	定价	书 名	定价	书 名	定价
三字经·百家姓·千字文	24元	龙文鞭影	32元	千家诗	28元
孙子兵法·三十六计	24元	五字鉴	30元	幼学琼林	33元
孝经·弟子规·增广贤文	24元	声律启蒙·笠翁对韵	25元	菜根谭	25元

中华传统文化经典注音全本

	书 名	定价	书 名	定价		书 名	定价	书 名	定价
第一辑	庄子(全二册)	60元	楚辞	35元	第二辑	唐诗三百首	40元	礼记(全二册)	80元
	宋词三百首	40元	易经	38元		诗经(全二册)	60元	国语	68元
	元曲三百首	36元	尚书	45元		论语	30元	老子·大学·中庸	28元
	尔雅	34元	山海经	38元		周礼	42元		
	孟子	42元				仪礼	45元		
第三辑	春秋公羊传		荀子		第四辑	春秋左传	元	后汉书	
	春秋穀梁传		黄帝内经			战国策		三国志	
	武经七书	40元	管子			文选		资治通鉴	
	古文观止(全二册)		墨子			史记		聊斋志异全图	
	吕氏春秋					汉书			

中华古典文学名著注音全本

书 名	定价	书 名	定价
绣像东周列国志(全三册)	188元	绣像西游记(全三册)	198元
绣像三国演义(全三册)	188元	绣像儒林外史	
绣像水浒传(全四册)	218元	绣像西厢记	
绣像红楼梦(全四册)	238元		

中华传统文化经典注音全本(口袋本)

书 名	定价	书 名	定价	书 名	定价	书 名	定价
论语	15元	诗经	25元	庄子	20元	国语	20元
孟子	19元	唐诗三百首	15元	楚辞	12元	武经七书	17元
三字经·百家姓·千字文	15元	千家诗	11元	宋词三百首	16元	周礼	12元
		易经	16元	元曲三百首	13元	仪礼	11元
声律启蒙·笠翁对韵	15元	尚书	14元	幼学琼林	14元	春秋公羊传	18元
		老子·大学·中庸	13元	龙文鞭影	10元	春秋穀梁传	18元
孝经·弟子规·增广贤文	12元	五字鉴·菜根谭	14元	尔雅	12元	古诗源	20元
		孙子兵法·三十六计	9元	山海经	18元	盐铁论	12元

服务地址：

① 广州市海珠区建基路85、87号广东省图书批发市场304档B
广东智文科教图书有限公司(510230)
咨询热线：(020)34218210 34218090
传　真：(020)34297602

② 南京市四牌楼2号东南大学出版社
咨询热线：(025)83795802
传　真：(025)57711295